© Pablo Katchadjian

1ª Edição

TRADUÇÃO
Bruno Cobalchini Mattos

PREPARAÇÃO
Tiago Ferro

REVISÃO
Verena Cavalcante

CAPA
Beatriz Dorea

Impresso no Brasil/*Printed in Brazil*

Todos os direitos reservados à DBA Editora.
Alameda Franca, 1185, cj 31
01422-001 — São Paulo — SP
www.dbaeditora.com.br

Dados Internacionais de Catalogação na Publicação (CIP)
(Câmara Brasileira do Livro, SP, Brasil)

———————————

Katchadjian, Pablo.

A liberdade total / Pablo Katchadjian; tradução Bruno Cobalchini Mattos.
1ª ed. — São Paulo: DBA Editora, 2020.

Título original: La Libertad Total

ISBN 978-65-5826-015-8

1. Ficção argentina I. Título.

CDD- Ar863

———————————

Índices para catálogo sistemático:
1. Ficção: Literatura argentina Ar863

Pablo Katchadjian

A liberdade total

Tradução Bruno Cobalchini Mattos

A: A liberdade total não existe.

B: Claro que não.

A: Já sabia?

B: Sim, sim.

A: Bom, a liberdade parcial também não existe.

B: Também não?

A: Também não, e tampouco a liberdade mínima.

B: Nenhuma?

A: Não, nenhuma.

B: E o bem-estar, existe?

A: Sim, isso sim, mas não serve pra nada.

B: E o que é que serve?

A: Nada serve pra nada, e o que poderia servir não existe.

B: Tanto assim?

A: Sim.

B: E a felicidade não existe?

A: Não, claro que não.

B: E nem a alegria?

A: A alegria sim, mas dura muito pouco e logo se transforma em seu oposto.

B: Então existe, sim, algo que serve pra algo.

A: O quê?

B: A alegria.

A: Ah, então... E para que serviria?

B: Para ficarmos bem um tempinho.

A: E pra quê?

B: Você deu a entender que não existia nada de bom...

A: Não, eu disse que não existia nada que servisse para algo.

B: Bom, mas existe a alegria, que é uma espécie de porta de entrada para a felicidade e dá a sensação de liberdade.

A: Sim, mas é uma porta de entrada que está trancada e que não podemos abrir, e a liberdade, como você disse, é apenas uma sensação.

B: Não é possível que tudo seja tão negativo.

A: Quem disse que tudo é negativo? Para que algo seja negativo, é preciso que haja algo positivo, e não é o caso: o que você chamaria de positivo são só ideias, e o que você chama de negativo é algo que existe, e como no fim das contas isso é só o que existe, não podemos dizer que seja negativo nem positivo.

B: É um panorama bastante sombrio.

A: Não, não é sombrio, tampouco um panorama.

B: Não dá pra conversar com você.

A: Ah, achei que estávamos conversando.

B: Tá vendo? É isso que estou falando, não dá pra conversar com você.

A: O que você diz não faz sentido.

B: É que não gosto do que você diz, nem da maneira como ridiculariza o que eu digo.

A: Eu ridicularizo o que você diz?

B: Sim, o tempo inteiro.

A: Me dê um exemplo.

B: Um exemplo... Bom, eu disse "não dá pra conversar", e você debochou de mim ao dizer que estávamos conversando.

A: Mas eu não tinha razão?

B: Em certo sentido, sim, mas em outro, não.

A: Em qual sentido não?

B: ...

A: ...

B: Não sei explicar.

A: Desculpa, mas não consigo entendê-lo, e você não tá ajudando muito.

B: Tá vendo?

A: O quê?

B: Tá me ridicularizando de novo.

A: Eu?

B: Sim!

A: Como foi que ridicularizei dessa vez?

B: Bom, esse "dessa vez" já é um deboche. Mas, além disso, você disse "não está ajudando *muito*".

A: E? Qual é o problema?

B: É uma maneira de ridicularizar o que eu digo.

A: Como? Não saquei...

B: Não sacou? Você diz "não tá ajudando *muito*" quando, na realidade, não estou ajudando nada. O problema é esse "muito" no lugar do "nada". É uma forma de debochar de mim.

A: Está bem, pode ser, fui irônico, mas isso não significa que esteja te ridicularizando.

B: Não, está debochando.

A: Bom, talvez debochando, mas não ridicularizando.

B: Sim.

A: E o que você queria me explicar era como eu estava te ridicularizando, e não como estava debochando de você. E eu discuti a questão de ridicularizar. Se você tivesse me dito "você está debochando de mim", talvez eu tivesse respondido que sim, que tinha razão. Mas você disse...

B: Sim, já sei, tudo bem. De qualquer modo, não gosto que você deboche de mim.

A: Mas não tenho razão?

B: Em debochar?

A: Não, bem, não em debochar, isso não é legal, mas você precisa admitir que faz de tudo para que eu sinta vontade de debochar.

B: Não.

A: Não?

B: Não, não tenho como admitir isso.

A: Se você não é capaz de admitir algo tão evidente, só posso crer que você não quer que nos entendamos.

B: Essa é uma interpretação sua. De qualquer modo, se você admitiu que estava debochando, não vai poder me acusar de não querer manter uma conversa amigável.

A: Eu não admiti nada, só disse que poderia ter admitido que estava debochando de você, e que senti vontade de debochar.

B: E não foi isso que você fez?

A: Não sei. Além do mais, tampouco disse que você não queria manter uma conversa amigável, mas sim que você não queria se entender comigo, o que é diferente.

B: Qual é a diferença?

A: A diferença é que podemos nos entender sem sermos amigáveis.

B: Ah, que beleza!

A: Agora você está sendo irônico.

B: Sim, mas foi você quem começou com as ironias.

A: E o que isso tem a ver? Se você não gosta de ironias, não deveria usá-las. Eu gosto, por mim tudo bem.

B: Então, por que me acusa de ser irônico?

A: Eu não te acusei, só mostrei que você estava sendo irônico.

B: Ah, obrigado. A realidade é que eu precisava da sua ajuda para perceber.

A: Você continua com as ironias!

B: Não foi uma ironia, foi mais para um deboche.

A: Ah, está debochando das minhas ironias.

B: Não, estou ficando cansado do seu tom.

A: Meu tom?

B: Sim, e de como você é fechado.

A: Fechado?

B: Sim, você se esforça o tempo inteiro para mostrar que está muito ciente do que diz.

A: Não é só porque você não controla o que diz, que eu devo me esforçar para controlar.

B: Mas se esforça.

A: Como você poderia saber?

B: Eu percebo.

A: Como?

B: Não sei explicar.

A: Outra vez! Você não pode recorrer ao mistério sempre que perde uma discussão!

B: Perder? Não sabia que era uma competição.

A: Não é uma competição.

B: Como posso perder, se não é uma competição?

A: Você me acusa de algo de tempos em tempos e eu demostro que você não tem razão. São pequenas discussões dentro da discussão geral, não competições.

B: E qual é a discussão geral? Do que estamos falando? Só o que estamos fazendo é nos acusar e competir.

A: Não, você está fazendo isso. Eu estava tentando falar sobre a liberdade total.

B: Bem, estou escutando.

A: O que você quer que eu diga?

B: Não sei, quem sabe é você.

A: Não, acabou, perdi a vontade. Por que você não fala sobre alguma coisa?

B: Sobre o quê?

A: Não sei, sobre algum assunto de seu interesse.

B: Algum assunto?

A: Algum assunto, alguma preocupação, o que for.

B: Não gosto do tom que você fala comigo.

A: Do tom? O que tem ele?

B: É de desdém.

A: De desdém?

B: Sim.

A: Parece que você está um pouco sensível. Além disso, meus assuntos não te interessam, você não tem assunto, tudo o que eu digo te incomoda...

B: Eu não disse que não me interesso pelos seus assuntos.

A: Falei da liberdade total e você logo começou a falar do bem-estar e a me dizer que eu só estava dizendo coisas negativas.

B: Tá vendo? De novo!

A: De novo o quê?

B: De novo o tom de desdém! Você disse "negativas" com um tom de desdém.

A: Não.

B: Sim.

A: Bom, pode ser, mas só queria ressaltar que a ideia de que eu estava dizendo coisas negativas tinha ficado pra trás.

B: Não ficou pra trás.

A: Não? Então por que eu argumentei e demonstrei que não podia ser negativo se...?

B: Esse é o problema! Você acha que, ao sustentar alguma ideia com argumentos mais ou menos razoáveis, está oferecendo uma prova definitiva.

A: E não é o caso?

B: Não, porque se você não consegue me convencer, nós continuamos discordando.

A: Mas você se recusa a argumentar.

B: Não, eu não me recuso a argumentar.

A: Você não tem exemplos.

B: Isso é verdade, mas não acredito em exemplos.

A: Ah! Típico argumento de quem não tem argumentos!

B: Eu não preciso ter argumentos, porque quem quer demonstrar algo é você, não eu.

A: Eu não quero demonstrar nada.

B: Há pouco você disse que sim.

A: Não, eu não disse que sim.

B: Eu tive essa impressão...

A: Mas não, eu não disse que sim. Vejamos, voltando: por que as coisas que digo seriam negativas?

B: Bem, porque a liberdade não existe, nem a felicidade, nem o bem-estar, nem a alegria.

A: O bem-estar e a alegria, sim.

B: Mas não servem pra nada.

A: Não.

B: Então dá no mesmo.

A: Não, não dá no mesmo que algo não exista ou exista, mas não sirva para nada.

B: Pode ser... Mas, em todo caso, a liberdade existe, sim.

A: Ah, tá ficando interessante.

B: Outra vez o tom de deboche! Você se acha muito mais inteligente do que eu, e na verdade a única coisa que está clara é que você sabe argumentar melhor, o que para mim não significa nada.

A: Haha. Digamos assim: eu argumento, você não faz nada, só se ofende. Ninguém falou em inteligência.

B: Não, não falamos em inteligência, mas o tom...

A: Que tom?

B: O tom que você usa.

A: É só impressão sua.

B: Para mim é o suficiente.

A: Claro, como a sua "sensação de liberdade".

B: É um bom exemplo, sim. Como não falar em liberdade? A liberdade é algo que se sente.

A: E?

B: Se você nega a possibilidade de argumentar ou defender ideias a partir das sensações, não pode nem se aproximar da ideia de liberdade, muito menos falar de sua inexistência.

A: Não vejo por quê. Eu penso na liberdade, vejo o que é e comprovo que não existe.

B: Porque não a sente.

A: E você a sente?

B: Às vezes sim.

A: Quando, por exemplo?

B: Não tenho exemplos, são momentos que mais tarde esqueço.

A: É impossível conversar contigo.

B: Não, é impossível conversar contigo, porque você é um obscurantista.

A: Eu, um obscurantista? Quem é que fala em sensações, em mistério...?

B: Eu não falei em mistério.

A: Mas esteve prestes a falar.

B: Pode ser, mas não mencionei.

A: Mas pensou nele, não mencionou porque não convinha. E por que eu seria um obscurantista? Não me diga que não consegue dar exemplos.

B: Posso dar um exemplo: você fala em liberdade, diz que sabe o que ela é, mas nunca a define.

A: ...

B: Além disso, você não tem como saber o que é uma coisa que concluiu não existir.

A: Não vejo por que não: pensei na liberdade enquanto conceito, e então averiguei se esse conceito pode existir no mundo real e me dei conta de que é impossível.

B: Tá bem, mas qual é o conceito?

A: Como assim?

B: Ué, o que é a liberdade?

A: É algo que não existe.

B: O quê? Você diz que a essência da liberdade é não existir?

A: Sim.

B: E depois conclui que não existe?

A: Claro.

B: É tautológico.

A: E?

B: Quero dizer que o raciocínio é ruim, e além disso você continua sem defini-la.

A: Não se pode definir algo que não existe.

B: Você está se esquivando e sabe disso.

A: Hmmm...

B: E percebo com satisfação que o seu tom de desdém desapareceu.

A: Bem...

B: Não, é importante. Assim quem sabe a gente possa voltar a conversar.

A: Arrã.

B: Haha, está muito incomodado.

A: Bom, tá, entendi. Agora fale sobre o que quiser.

B: ...

A: E aí?

B: Não sei o que dizer.

A: Falemos da liberdade.

B: Não, de novo não.

A: Se não, não falamos nada!

B: Ah, agora admite.

A: Claro que admito, já disse. Agora pare de se vangloriar desse momento e me diga o que é a liberdade, você que a sente, porque eu não a sinto, ou ao menos nunca identifiquei o que sinto com a ideia de liberdade.

B: É uma sensação.

A: Sim, e como é?

B: Quer que eu te conte a sensação?

A: Claro, vamos ver se consigo relacionar a sensação a algo que já senti.

B: Eu não falaria em relação.

A: Por quê?

B: Porque as relações não existem, só existem as coisas e

o que acontece em cada coisa, não a relação entre duas ou mais coisas. A ideia de relação faz parte das coisas.

A: Faz sentido. Então me conte como é essa sensação, assim eu vejo se já senti algo parecido alguma vez.

B: Não há sentido em descrever uma sensação, porque é muito provável que a liberdade produza sensações diferentes em cada um.

A: Ou seja, a liberdade é algo externo às pessoas e que produz sensações nas pessoas.

B: Sim.

A: Então o que você dizia antes estava errado.

B: O quê?

A: Você dizia que a liberdade é uma sensação, mas agora diz que é algo externo às pessoas e que produz sensações. Então é algo, e não uma sensação.

B: Não, porque só se manifesta enquanto sensação.

A: Hmm... Então como é possível dizer que é algo?

B: Porque passa a ser algo quando se torna uma sensação.

A: Que interessante...

B: Outra vez o tom de desdém!

A: Mas olha o que você está dizendo! Isso é teologia!

B: Não acho.

A: Ah, não? A liberdade é algo, mas só pode ser algo ao provocar uma sensação, porque a sensação a faz existir, mas na realidade é ela que faz existir a sensação.

B: Isso, algo assim.

A: Bom, não estou convencido.

B: Não precisa se convencer.

A: Ah, pensei que o problema com o que eu disse era que você não ficava convencido.

B: Sim... mas não é a mesma coisa.

A: Por quê?

B: Não sei, é diferente.

A: Ah, é diferente...

B: Você está debochando.

A: Não, só estou repetindo o que você disse.

B: Isso é uma forma de debochar.

A: Só quando o que o outro diz é balela.

B: Não, é sempre um deboche.

A: Pode ser... Mas... Não, não chore!

B: ...

A: Não chore, por que você está chorando?

B: ...

A: Tá bem, talvez eu tenha sido um pouco maldoso, mas...

B: Um pouco?

A: ...

B: ...

A: Estamos muito nervosos.

B: Sim.

A: Não aguento mais isso.

B: Nem eu.

A: Mas precisamos chegar a um acordo, não temos muito tempo.

B: Sim.

A: Então chega de deboches.

B: Tá bem. Vou tentar ser mais argumentativo.

A: Perfeito. Agora, quando ele chegar, deixe que eu fale pelos dois.

B: Não, vamos falar os dois ao mesmo tempo.

A: Os dois ao mesmo tempo?

B: Sim, soará mais convincente.

A: Beleza... Olha, lá vem.

B: Ai.

A: Sim, vamos tentar fazer direitinho, assim ele nos deixa em paz por algumas horas.

B: Sim.

C: Olá.

A e B: Olá.

C: Conseguiram chegar a um acordo?

A e B: Sim.

C: Estou escutando.

A e B: A liberdade em si não existe, mas pode existir enquanto sensação, e assim acaba existindo.

C: Ah, que interessante.

A e B: Está debochando?

C: Não, de jeito nenhum. Contem-me mais.

A e B: Bom, não há muito mais o que contar. Tentamos definir a sensação, mas percebemos que ela produz coisas distintas em cada um.

C: Ou seja, a liberdade é uma manifestação que só existe enquanto manifestação.

A e B: Sim.

C: Isso é teologia.

A e B: ...

C: Mas tudo bem, gostei. Agora, quero que pensem nesta frase: "Os filhos tendem a se parecer com os pais, sejam estes humanos, animais ou plantas".

A e B: O que se pode pensar sobre isso?

C: Muitas coisas, sem dúvida.

A e B: Não nos interessamos pelo assunto.

C: Não é um assunto, é uma frase.

A e B: Bom, não nos interessamos pela frase.

C: Vocês terão que pensar nela mesmo assim... Mas... Vejamos, o que lhes interessa?

A e B: Pelo que temos visto ultimamente, nada nos interessa.

C: Nada?

A e B: Nada.

C: Bom, então voltem a pensar na liberdade.

A e B: Não!

C: Sim!

A e B: Não, por favor!

C: Sim, pensem nela, caso contrário não conseguirão pensar nada. Volto daqui a pouco, tchau.

A e B: ...

A: E agora?

B: Não sei.

A: Mas que idiota!

B: É um asqueroso.

A: Sim, repugnante.

B: Ele e todos do grupo dele.

A: Sim, se acham superiores.

B: Sim, e são lamentáveis. Por culpa deles, as coisas são como são.

A: E não pensam em largar o poder.

B: Não, teríamos que expulsá-los a pontapés.

A: Sim, mas como?

B: A pontapés.

A: Não tem como.

B: Não, eu sei.

A: Além do mais, são aliados da Morte.

B: Sim, colocam ela no bolso.

A: Sim.

B: Sim.

A: Bom, mas temos que pensar na liberdade.

B: Liberdade seria expulsar esses caras a pontapés.

A: Sim, é um bom começo.

B: Sim, é uma sensação, não um pensamento.

A: Mais ou menos, é um desejo, que é uma sensação e um pensamento.

B: Sim, mas um pensamento não pensado.

A: Um pensamento não pensado, isso.

B: Sim, um pensamento produzido por uma sensação, não por um raciocínio.

A: Sim, como uma ideia que tem alguém, e não o contrário.

B: Talvez isso já seja exagero.

A: Sim, vamos deixar pra lá.

B: Vamos deixar pra lá.

A: Decidir esquecer essa frase é uma autolimitação. Poderíamos dizer que a liberdade é a autolimitação.

B: Claro, claro. Eu estava prestes a dizer algo e não disse.

A: O quê?

B: Não, pouco importa, mas me autolimitei, e isso me deu uma sensação de liberdade.

A: Isso é ótimo. Agora me ocorre: seria possível dizer que a liberdade é a concentração.

B: Ah, soa interessante. Como assim?

A: Bom, só podemos dispor de nossa força e de nossa inteligência quando nos concentramos em um ponto.

B: É verdade. Ou seja, a desconcentração é a morte.

A: Se você quiser pôr nesses termos...

B: Sim, inclusive a Morte.

A: E por que não? E o que a Morte faz é nos propor a desconcentração o tempo todo.

B: Perfeito! Já temos alguma coisa, vamos chamá-lo?

A: Eu esperaria por ele.

B: E se não dissermos nada?

A: Nada?

B: Isso, vamos dizer qualquer coisa, não essas ideias que tivemos, que são nossas.

A: Parece uma boa.

B: Tá vindo, não?

A: Acho que não é ele.

B: Ah, não, é o outro.

A: Ah, não, o outro é ainda pior. Odeio ele.

B: Eu também, é desprezível e grosseiro.

D: Olá.

A e B: Olá.

D: Já têm alguma coisa?

A e B: Não.

D: Nada? Então terão que sofrer o castigo previsto...

A e B: Não, não, temos uma coisa.

D: Vejamos...

A e B: A liberdade é um saco de amor.

D: Um saco de amor?

A e B: Sim, e também a falta de sentido.

D: Isso é tudo?

A e B: Não, a liberdade também é um desflorestamento das intempéries.

D: Das intempéries?

A e B: Sim, e além disso a loucura da sensação de liberdade.

D: A liberdade é a loucura da sensação de liberdade?

A e B: Sim, porque chega como um fantasma do alteroso e paira sobre nossas pupilas na noite negra das sombras.

D: Noite negra?

A e B: Sim, noite negra.

D: Que noite negra?

A e B: Essa que cai sobre você agora!

D: Ai, me soltem! Vou matar vocês!

A e B: Quem vai morrer é você!

D: Ahhhh!

A e B: Toma!

D: Ahhhh!

B: Segura o braço!

A: Deu!

B: Ai, ele me bateu! Toma!

D: Ahhhh! Me soltem...!

A: Toma essa! Por tudo o que nos fez!

B: Vamos, forte!

D: Aaahhhh... Aahhh... Aahh.

A: Ufa... Deu.

B: Tá morto?

A: Sim, acho que sim.

B: Vamos ver... Sim, tá morto.

A: ...

B: ...

A: O que nós fizemos?

B: Uma loucura.

A: Sim, mas senti a liberdade.

B: Viu só? Eu também.

A: Além do mais, ele merecia.

B: Sim, sem dúvida. Por todos os nossos companheiros.

A: Por eles e pelos que estavam por vir.

B: Agora precisamos fugir.

A: Sim. Esse aí costuma ficar com as chaves. Estão aqui. Vejamos...

B: Abriu?

A: Sim!

B: Vamos.

A: Vamos.

B: Aonde?

A: Aonde for.

B: Não acho que temos muito tempo.

A: Vamos, rápido, precisamos correr!

B: Pra que lado é a saída?

A: Não faço ideia. Se nem sequer sabemos como chegamos aqui...

B: Por ali?

A: Não sei... Que lugar estranho, não dá pra entender.

B: Vamos por esse corredor.

A: Não, melhor por esse.

B: Beleza.

A: ...

B: ...

A: O que é isso?

B: Que nojo!

A: Sim, melhor irmos para o outro lado.

B: Espere... Tô escutando algo, acho que já o encontraram.

A: Não, acho que não.

B: O que eles tão gritando?

A: Estão vendo TV.

B: Você acha?

A: Sim, tão sempre vendo TV. Vem, vamos por aqui.

B: Não, eu não vou por aí.

A: Sim, vamos, temos que atravessar esse lugar.

B: Mas é nojento.

A: Não importa, feche os olhos.

B: Sinto o cheiro.

A: Tente tapar o nariz.

B: Não tem como.

A: Tem sim.

B: Ah, sim, agora deu.

A: Vamos.

B: Ufff.

A: Vem, vamos.

B: Me dê a mão.

A: Por quê?

B: Estou de olhos fechados.

A: Bem, segura na minha camiseta.

B: Deu, devagarinho.

A: ...

B: ...

A: Vamos, não falta muito.

B: Pisei em alguma coisa!

A: Eu também, não tem importância.

B: No que eu pisei?

A: É melhor eu não te dizer.

B: Uff, pisei em outra coisa.

A: Vem, vamos.

B: Não consigo.

A: Vai ficar por aqui?

B: Não, não. Vamos. Falta pouco?

A: Não, falta bastante.

B: ...

A: Não abre os olhos.

B: O cheiro é asqueroso.

A: Não cheire.

B: Me asfixio.

A: Respire pela boca.

B: Não, me dá mais nojo.

A: Bom, fique um tempo sem respirar.

B: ...

A: Chegamos... Aí, pula.

B: Uff. Abro os olhos?

A: Espere.

B: Por quê?

A: É melhor eu não dizer.

B: Uff.

A: Aff, o corredor que vem agora é pior.

B: Aaahhh!

A: Feche os olhos!

B: Mas eu já vi!

A: Bem, esqueça.

B: Não consigo.

A: Vamos.

B: Não, não consigo mais caminhar, estou pisando em coisas.

A: ...

B: Você me levaria na garupa?

A: Aff...

B: Por favor...

A: Tá bem.

B: Obrigado.

A: Você é muito pesado!

B: ...

A: Ah, uff.

B: Falta muito?

A: Sim, falta muito.

B: Avise quando eu puder descer.

A: Ainda não.

B: O que houve?

A: O chão resvala.

B: Por quê?

A: Melhor eu não dizer.

B: Uuui! Eu vi!

A: Feche os olhos!

B: Que nojo!

A: Se continuar falando, eu vou te soltar.

B: Não, não me solte!

A: Você fica mais pesado quando fala.

B: Desculpa.

A: Shh!

B: ...

A: Vamos lá...

B: ...

A: Hmmf...

B: ...

A: Um salto...

B: ...

A: Falta pouco...

B: ...

A: Abre os olhos, já pode descer.

B: Hm, onde estamos?

A: Não faço ideia.

B: Que lindo esse lugar.

A: Sim, e muito estranho... Que nojo das minhas botas.

B: Eca.

A: Hmmm... melhorou, né?

B: Ficou algo na parte de trás.

A: E agora?

B: Sim, perfeito.

A: Bom, acho que saímos. Mas não sei onde estamos.

B: Não tem importância.

A: Como não tem importância?

B: Pelo menos agora não somos obrigados a ter assuntos para conversar.

A: É verdade.

B: E podemos falar sobre o que quisermos.

A: Sobre o quê?

B: Não sei, não interessa.

A: Não, não interessa, não é preciso pensar em falar, e sim falar.

B: Será que dá pra comer essas frutas? Tô com fome.

A: Acho que sim, vejamos...

B: Que gostosas!

A: Sim, deliciosas.

B: Será que vão cair mal?

A: Acho que não.

B: Hmm, olha isso.

A: O que é?

B: Não faço ideia. Parece gostoso. Experimento?

A: Eu não experimentaria.

B: Eu sim. Hhmm, que gostoso! Experimente!

A: Não, não quero.

B: Por quê?

A: Não sei, não me atrai. Prefiro continuar com essas frutas.

B: Mas isto é mais gostoso.

A: Sim, mas não, obrigado.

B: Mas olhe, não me fez nada.

A: Por enquanto...

B: Está dizendo que vai me fazer mal?

A: Não, não faço ideia.

B: E por que não come?

A: Porque não quero.

B: Você tá sendo irracional.

A: É óbvio, estamos falando de comida.

B: Não, mas em outro sentido: você diz que acha que não tem problema, que devo comer, mas você não quer. Está com medo e usa argumentos sem sentido.

A: Não, não estou com medo e não uso argumentos, e quando uso é só porque você insiste. Algo me diz que não devo comer, e confio em meu instinto.

B: E por que eu estou comendo?!

A: Suponho que seu instinto diga para você comer.

B: Não, meu instinto não me diz nada.

A: Impossível, sempre diz alguma coisa.

B: O meu não me diz nada.

A: Certeza?

B: Sim.

A: Então, se o seu não diz nada e o meu diz, vamos escutar o meu. Não coma isso.

B: Mas já comi bastante. Além do mais, seu instinto fala para você, não para mim.

A: É verdade. De qualquer modo, se não está dizendo pra você não comer, deve ser porque não tem problema.

B: Será que temos organismos diferentes?

A: Sem dúvida, isso é fácil de ver.

B: O que você quer dizer?

A: ...

B: Está debochando.

A: Um pouco, sim.

B: Não achei graça, não gosto que você fale do meu físico.

A: Desculpa.

B: Sério, é de mau gosto.

A: Sim, desculpa.

B: Ai!

A: O que foi?

B: Estou com dor de barriga... Ai, ai, ai!

A: Tá doendo muito?

B: Aaaaiii!

A: Tá com dor aonde?

B: Na barriga, já disse. Aaaaaiii!

A: Haha.

B: Não ri! Eu posso até morrer.

A: Duvido.

B: Por quê?

A: Porque o que você comeu não parecia venenoso.

B: Mas nem sabemos o que era! Aaaaaii! Aaaaaaii!

A: Tá doendo muito?

B: Sim, minha barriga nunca doeu desse jeito!

A: E você nunca comeu nada venenoso...

B: Não, claro que não... Aaaaaii!

A: Então talvez fosse venenoso.

B: E por que você me deixou comer?

A: Eu te deixei comer?

B: Não argumente, estou me sentindo muito mal... Vou me apoiar aqui.

A: Não, espere, é melhor você se manter ativo.

B: Não, estou muito cansado. Sinto que meu corpo está adormecendo...

A: Não, espere!

B: Mmmm...

A: Espere, eu te ajudo, apoie-se no meu ombro.

B: Mmmm...

A: Tá me escutando?

B: ...

A: E agora?

B: Não enxergo nada...

A: Tem certeza?

B: Mmm... Fiquei cego. Por sua culpa.

A: Minha culpa?

B: Sim, porque você me deixou comer o que eu comi.

A: ...

B: É um castigo por ter assassinado o...

A: Como seria um castigo? Castigo de quem?

B: Aaaiii! Dói no corpo inteiro. Acho que vou morrer.

A: ...

B: Tchau...

A: ...

B: Tô ouvindo uma música.

A: ...

B: Tô vendo uma luz...

A: Não acredito.

B: Não acredita?

A: Não, dá pra ver que você tá melhorando.

B: Mas eu não enxergo nada.

A: Não acredito. Você já parece melhor.

B: ...

A: Tá melhor?

B: Sim, um pouco.

A: Ninguém vai te castigar.

B: Mas por que nós o matamos?

A: Quer perguntar isso agora?

B: Não, não.

A: Tá enxergando bem?

B: Sim, tô melhor.

A: Bom, vamos em frente.

B: Não, espere, quero descansar aqui.

A: Não, não.

B: Quero te contar uma coisa.

A: ...

B: O que eu disse no outro dia sobre a sua mulher é mentira.

A: O quê? Quer dizer que...?

B: Sim.

A: Sério?

B: Sim, perdão, mas não sabia como te dizer.

A: ...

B: Aonde você vai?

A: Vou sozinho, faça o que quiser.

B: Não, espere.

A: Sai, tô indo embora.

B: Mas eu não te conhecia naquela época.

A: E?

B: Você não pode se irritar por algo que fiz antes de nos conhecermos.

A: Não argumente, isso não tem nada a ver com argumentos. De qualquer modo, você tem razão, mas vou sozinho.

B: Mas nem sabemos aonde estamos.

A: Isso não tem nada a ver.

B: É melhor ficarmos juntos.

A: Sim, mas eu não quero.

B: Mas eu quero.

A: Para ficarmos juntos é preciso que os dois queiram estar juntos. Eu vou embora.

B: Tá, mas eu vou te seguir.

A: Não, não me siga.

B: Você não tem como me impedir.

A: Toma!

B: Ai!

A: Vou bater de novo toda vez que você se aproximar.

B: Então seguirei a uns metros de distância.

A: ...

B: Não vá por esse caminho.

A: Vou por onde eu quiser, não vou mais discutir. Se quer me seguir, me siga, mas eu não vou te escutar, vou sozinho.

B: Você não tá sozinho.

A: Estou sozinho sim.

B: Mas eu estou atrás de você.

A: ...

B: Não, não vá por aí!

A: ...

B: Parece perigoso!

A: Se você não gosta, melhor, escolha o seu caminho.

B: Mas eu não quero ficar sozinho... Ai!

A: Eu disse para não se aproximar.

B: Não foi de propósito.

A: Não me interessam as suas intenções. Se chegar perto, vou bater.

B: Mas você não pode se irritar desse jeito! Se tivéssemos nos conhecido antes, nada teria acontecido.

A: Não me interessam os seus argumentos.

B: Não seja estúpido!

A: ...

B: Cuidado!

A: ...

B: Vai se meter aí?

A: Sim, melhor você cair fora.

B: Não, não vou embora.

A: ...

B: E você, que fala tanto em liberdade...

A: Não diga besteiras.

B: Estou vendo alguém.

A: ...

B: É sério, ali ao longe. Parece uma mulher...

A: Sim... é uma mulher.

B: Vou ver quem é.

A: Não, espere.

B: O quê? Não queria ficar sozinho?

A: Sim, eu vou falar com ela. Você fica aqui.

B: Não! Eu vou! Se quiser, venha comigo, vamos.

A: ...

B: Vamos juntos.

A: Está bem...

B: Parece bonita.

A: Sim.

B: Está sozinha?

A: É o que parece.

B: Olá!

A: Não vai te escutar...

B: Olha, tá nos cumprimentando.

A: Tá vindo pra cá.

B: Será que está perdida?

A: Não sei. De onde ela saiu?

B: Não sei. De onde nós saímos?

A: Não podemos contar nada pra ela.

B: Não, por isso estou te perguntando.

A: Se ela perguntar, inventamos alguma coisa.

B: Tá bem.

A: Somos encanadores.

B: Parece uma boa.

A: Estávamos voltando para casa e nos perdemos.

B: Perfeito. Ela não vai acreditar em nós, mas não tenho nenhuma ideia melhor.

A: A situação é tão esquisita que nada será crível.

B: A não ser que a gente invente algo muito estranho, algo parecido com o que fizemos...

A: Não!

B: Não digo contar o que fizemos, mas dizer que estávamos com aquelas pessoas que nos obrigavam a discutir e...

A: Ah é? E como nos deixaram sair?

B: Sim, é um problema.

A: E talvez ela já saiba que mataram um...

B: Talvez ela seja um deles.

A: Não tem cara...

B: É muito bonita!

A: Nem tanto.

B: Sim, olhe.

A: É linda, sim.

B: Olá!

E: Olá!

A: Olá, tudo bem?

E: Bem, muito bem, um pouco perdida.

B: Ah, nós também.

A: Bem, não exatamente perdidos, mas...

E: Eu estava indo pra casa, dobrei em algum lugar, entrei aqui porque pensei que era um atalho, e agora...

A: Aconteceu uma coisa parecida com a gente.

E: Estão vindo do recital?

B: Que recital?

E: O que aconteceu ao ar livre, no vale.

B: Não! Foi legal?

B: Sim, a Azucena tocou.

A: Sério? É minha cantora favorita.

B: A minha também.

E: Foi belíssimo, reconfortante.

A: E... Em uma época como essa...

B: Sim.

E: Cantou "Torcer el cielo"

A: Minha canção favorita.

B: A minha também.

E: Foi incrível. Foi acompanhada pela orquestra de flautas.

A: Que pena que eu não fui!

E: Mas vocês não ficaram sabendo? Divulgaram em todos os cantos, foram milhares de pessoas...

B: Não...

A: Sim, sim! Sabíamos, mas tínhamos que fazer um trabalho...

E: Ah, o que vocês fazem?

B: Somos...

A: Somos artistas...

B: ...

E: Que legal.

A: Sim, gostamos de arte.

B: Mas trabalhamos como encanadores.

A: Pois é, às vezes.

E: Ah, que legal.

B: Sim.

A: E agora nos perdemos.

E: Estamos todos na mesma.

B: Sim, na mesma.

A: ...

B: ...

E: ...

A: A tarde já está chegando.

B: Sim.

E: Que horror.

A: Por quê?

E: Tenho que voltar pra casa.

B: Claro, nós também.

E: Para a minha? Haha.

A: Ahaha.

B: Hahaha.

E: Onde vocês moram?

A: Aqui perto.

B: Sim, mais pra lá.

E: Pra lá?

A: Não, bem...

B: Viemos de muito longe, nos trouxeram.

A: E na verdade...

B: ... na verdade nos perdemos e...

A: ... e não sabemos bem se...

B: ... se este lugar fica...

A: ... fica perto de nossa casa, porque...

B: ... porque nossa casa é...

A: ... é muito grande, mas...

B: ... mas tem uma fachada que...

A: ... que lembra outro país, um...

B: ... um país parecido com este, mas ao mesmo tempo...

A: ... ao mesmo tempo diferente, como esses países que...

B: ... que não têm identidade, nem tradição, nem alma, nem...

A: ... nem economia, e o motivo para isso é que...

B: ... que as pessoas se perdem, como nós, e...

A: ... e, ao se perderem, esquecem o que procuravam, como agora...

B: ... agora que está anoitecendo, e ao não vermos...

A: ... ao não vermos os rostos daqueles ao nosso redor, sentimos...

B: ... sentimos a solidão de não ter casa, nem família, nem...

A: ... nem família, nem...

B: ... nem casa, nem nada, nem sequer um caminho por trilhar, já que...

A: ... já que para quem foge não há maior condenação que encontrar...

B: ... que encontrar a si mesmo.

E: Ah, que coisa triste.

A: Sim.

B: Sim, é isso aí.

E: Mas então os senhores...

A: ... nós não temos casa, nem família, nem...

B: ... nem economia, nem senso de direção.

E: E estão perdidos...

A: Tão perdidos quanto parecemos.

E: E onde vão dormir?

B: Não vamos dormir nunca mais.

E: Não?

A: Não.

E: Nem eu?

B: Não acho que você possa.

E: Por quê?

A: Quanto tempo faz que você não dorme?

E: Não sei, alguns dias... Mas o tempo passou muito rápido.

B: As coisas são assim por aqui...

A: O que você deve fazer é não ir pra lá.

E: O que tem lá?

B: Nós viemos de lá.

A: É o pior lugar que se possa imaginar.

B: Te obrigam a pensar em coisas que não te interessam.

A: E de maneiras pouco estimulantes.

B: E quando você não obedece, eles te castigam.

A: E você se esquece de tudo em que pensou.

B: E não deixam você pensar por muito tempo, nem seguir em um mesmo assunto.

A: Tampouco permitem que você não chegue a uma conclusão.

B: E por isso todas as conclusões são falsas, porque seguem o ritmo de outro, não o próprio, nem o do assunto, nem o do cérebro.

E: Que horror!

A: Sim, um horror.

B: E agora não temos para onde ir.

E: Não querem vir pra minha casa?

A: Gostaríamos, mas a verdade é que duvidamos que você possa ter uma casa.

E: Eu tenho!

B: Tinha.

E: Até pouco tempo atrás eu tinha.

A: Agora não tem mais.

E: Mas então esse recital que eu fui...

B: Sim.

A: Sim.

E: E Azucena...

B: Azucena deve estar em casa, imagino.

E: E os meus amigos?

A: Também.

E: E o que houve comigo?

B: Você nunca vai saber, mas se está aqui é porque lhe aconteceu algo em algum momento.

E: E vocês?

A: Nós chegamos juntos. Nos aconteceu algo ao mesmo tempo, quando estávamos juntos, mas tampouco sabemos o que foi.

B: O importante é que não vá pra lá, que é o que nós fizemos.

E: Sim, isso eu já entendi. É que o lugar é atraente.

B: Claro.

E: Bom, então vou caminhar com vocês até lá.

A: Claro, vamos. Mas não fique triste.

E: Como não vou ficar triste? Vocês não estão tristes?

B: Sim, mas é diferente. Você é tão linda...

E: Bem, obrigada.

A: Muito linda.

E: Bem, obrigada mesmo. Suas cantadas me alegram.

B: Essa era a ideia.

E: Então eram falsas?

A: Não, não. Mas podíamos dizê-las ou não, nem sempre

dizemos o que pensamos. E quando dizemos, podemos ter alguma motivação.

B: O pensamento era verdadeiro, e a motivação foi essa que eu disse.

E: Ah, bom. Então, obrigada pelas duas coisas.

A: Você não pode agradecer um pensamento.

B: Deixe ela em paz!

A: Sim, desculpa, ele tem razão.

B: Não chore!

E: É que...

A: Foi por causa do que eu disse?

E: Não, não...

B: Como ela choraria por causa do que você disse?

A: Bem, antes você chorou por causa do que eu disse.

B: É diferente.

E: Ele fez você chorar?

B: Sim.

E: Haha.

B: Tá rindo do quê?

A: De você.

E: Não, é que... Hahaha.

B: Não tem graça.

A: Hahaha.

B: Os dois estão rindo de mim?

E: Não, é que... Hahahaaha. Desculpa, mas... Hahaha.

A: AAAAhahhahahahahhhahahahaahahahah.

B: Chega! Chega!

E: Não, não chore... Desculpa...

A: Sim, desculpa. Mas você não pode ser tão sensível...

B: Posso ser tão sensível quanto eu quiser.

E: Sim, ele tem o direito de ser sensível.

A: Eu não disse que não, mas... Chorar assim por qualquer coisa...

E: Como eu.

A: Não, você chorou por algo importante.

B: Ah, ela pode chorar?

A: E... recém tinha descoberto sua situação. Quando você descobriu, chorou um dia inteiro.

B: É verdade.

E: Um dia inteiro?

A: Sim, não teve jeito de fazer ele parar.

B: No fim do dia estava com os olhos inchados.

E: Imagino.

A: Não, mas muito inchados, assim...

E: Tanto assim?

B: Sim, não conseguia fechar.

A: E por isso não conseguiu dormir.

B: Isso, porque não conseguia fechar os olhos.

A: Foi o que eu disse.

E: Mas não dava para dormir com os olhos abertos?

B: Não tem como.

E: Não, claro. Mas com a boca aberta sim.

A: E?

E: Nada, só um comentário.

A: Desculpa, é que nos acostumamos tanto a falar sempre...

B: ... sempre sobre assuntos importantes...

A: ... com argumentos e ideias...

B: ... que não nos interessavam nem um pouco.

E: Que horror!

A e B: Sim.

E: Há uma canção de Azucena que diz: "Os heróis do mar/ sobrevoam a cidade/ perdidos em uma paisagem/ de visco e obscuridade".

A: E daí?

E: Não sei, lembrei agora.

A: Mas não tem nada a ver com o que estávamos dizendo?

E: Nada. Tudo o que dizemos tem que ter a ver com o que acabou de ser dito?

A: Tem razão, desculpa.

E: E há outra canção de Azucena que diz: "As ideias/ só são nossas/ Quando as pensamos/ para nós".

A: Ah, isso sim tem a ver.

E: Não sei por quê.

A: É exatamente o que estávamos falando.

E: E daí? Não foi por isso que eu disse, só lembrei de uma canção.

A: Mas tem relação com o que estávamos dizendo.

E: Ah é? Deve ser coincidência.

B: Acho que não, mas não importa.

A: O que você acha?

B: Acho que, embora ela não tenha pensado, o cérebro dela

a fez lembrar de algo que tinha a ver com o que estávamos falando.

A: É bem provável. O estranho é que o cérebro dela tenha feito isso na segunda vez, mas não na primeira.

B: É que, na segunda vez, pesou sua reprimenda ao comentário sem relação, que não pareceu importante pra ela, mas para o cérebro dela sim.

A: Ou seja, o cérebro dela concorda comigo, mas ela não?

B: Por aí.

E: Não digam besteiras. Há outra canção de Azucena que diz: "Você me disse algo/ e eu esqueci/ e ao lembrar/ eu cantei. Você me disse/ que era o que eu havia dito/ mas eu respondi/ que já não lembrava de nada".

A: Ah, isso também tem a ver com o que estávamos falando.

E: Sim.

A: E foi de propósito?

E: Claro.

B: Ah, é uma terceira alternativa: primeiro, algo sem relação; segundo, algo com relação, mas inconsciente; e terceiro, algo com relação e de forma consciente.

A: Sim, faltou algo sem relação, mas consciente.

E: Dá pra fazer. Há uma canção de Azucena que diz: "Os funerais satisfeitos/ me tocam no peito/ e sou volumosa/ com minha mente a espreito".

B: Não é de todo sem relação.

A: Eu acho que sim. Qual seria a relação?

B: O lance dos funerais...

A: Ah, claro...

E: Bem, pra mim é uma relação muito distante.

B: Sem dúvida.

E: Tenho outra sem relação: "Lágrimas virão/ por trás/ Lágrimas chegarão/ por baixo".

A: Mas se vocês dois acabaram de chorar!

E: Ah, é verdade. Vejamos... Sim, já sei: "Semente do organismo/ me dê pão, do mesmo/ que comemos ontem, porque agora/ não tenho nem a hora".

B: Hahaha, agora sim.

A: Não sei...

E: O quê?

A: Não, tá bem, não importa: dá pra dizer que já temos as quatro alternativas.

E: Mas há mais alternativas.

A: Quais?

E: Consciente não consciente; não consciente consciente; com relação sem relação; e sem relação com relação.

B: Ah, está misturando as colunas.

A: Não sei se isso é possível.

E: Se eu quiser, é possível.

A: Não funciona assim.

E: Claro que funciona assim.

B: Ela tem razão.

A: Não acho, tampouco consigo imaginar essas alternativas. Como seriam?

B: Verdade, é dureza.

E: Não tanto. Lá vai uma, pra ver se adivinham qual é: "Luciérnaga/ me dê a cova /sinistramente /fico adormecida".

A: Não faço ideia.

B: Acho que é... consciente não consciente.

A: Por quê?

B: Porque pede conscientemente algo que vai levá-la à inconsciência.

E: Muito bem!

A: Esse é o problema de misturar as colunas. Antes, uma das colunas sempre tinha a ver com o contexto; agora é qualquer coisa.

B: Não dê bola, continue.

E: Bem, outra: "Limite tênue/ soa lentamente/ enquanto falamos...".

A: Não, chega, isso é besteira.

E: O que é isso?

A: O quê?

E: Ali na frente.

B: Ah!

A: Que estranho!

B: Já foi...

A: Pra onde?

E: Desapareceu.

B: Este lugar é muito estranho.

A: É tão estranho quanto quisermos.

B: Não, é estranho porque é estranho, não por nossa causa.

A: Pode ser, foi só uma frase.

E: Seria bom saber onde estamos.

A: Não há como saber onde estamos.

B: Quanto pessimismo!

E: Sim, muito!

A: Não acho que seja pessimismo.

E: Não? Você disse que não podemos fazer algo que é básico para...

A: Isso não é pessimismo, e além do mais não sei se é básico.

E: Sim, é básico saber onde estamos para podermos chegar às nossas casas.

B: Ela tem razão.

A: Então os pessimistas são vocês.

E: Ah é? Por quê?

A: Suponhamos que, conforme acho, não tenhamos como saber onde estamos; isso só seria terrível se esse conhecimento fosse básico. Se não for básico, não tem nenhuma importância sabermos onde estamos. Eu estou dizendo que não é básico, e vocês, que é básico. Se estou errado ao dizer que não podemos saber onde estamos, ou seja, se podemos saber, não muda nada, e o fato de um de nós achar que isso é básico e o outro não, não faz nenhuma diferença; mas se eu tenho razão e não podemos saber onde estamos, o fato disso ser um conhecimento básico faz desta situação a pior que se possa imaginar, porque estaríamos condenados a vagar eternamente por este lugar.

B: Não entendi muito bem.

E: Eu entendi, e discordo.

A: Muito bem. Por quê?

E: Porque parte de um pressuposto que ninguém aprova. A mera ideia de que não é possível saber algo é pessimista. Para mim, não há barreiras: se quisermos saber onde estamos, saberemos.

B: É um pouco voluntarista.

E: E qual é o problema?

B: Não, nenhum.

A: Não, há sim um problema. Um pressuposto não precisa ser aprovado. Meu pressuposto é razoável e compatível com a nossa situação. Se não sei como cheguei aqui, se ele também não sabe e você tampouco, e além de tudo este lugar é muito estranho para nós e não se parece com nada que já tenhamos visto alguma vez, achar que existe a possibilidade de não sabermos onde estamos é...

E: Estou entediada!

A: Mas me deixe terminar...

E: Não, já sei como vai terminar, e não me interessa. Vamos sair deste lugar, e para tanto vamos averiguar onde estamos.

B: Desculpa, mas eu concordo com ele: não precisamos saber onde estamos para sairmos daqui.

A: Se é que é possível sair...

B e E: Quê?!

A: Desculpa, desculpa, era uma brincadeira. Suponho que seja possível sair daqui, a não ser que este seja um lugar aonde se vai após ter estado no lugar aonde estávamos antes, ou seja, se havia algum tipo de ordem preestabelecida.

B: Você quer dizer, como se isso fosse, por exemplo, o paraíso ou o inferno.

A: Ou o limbo.

B: Como se estivéssemos mortos.

E: Que lindo...

A: Mas na verdade não parece ser o caso, não parece a morte. Parece mais outra dimensão.

E: Que lindo...

A: Isso não tem nada de ruim.

E: Não, é verdade...

B: Se estamos em outra dimensão, deveríamos conseguir retornar à nossa.

A: Suponho que sim.

E: Sei algo a respeito disso.

A e B: Do quê?

E: De dimensões.

A: Que bom, o que você sabe?

E: Sei abrir portais.

B: É sério?

E: Mais ou menos. Acho que abri portais algumas vezes e passei para outras dimensões.

B: Que interessante.

E: Sim, mas devo dizer que não era nada parecido com isto. Isto é outra coisa.

A e B: Oh.

E: Sim, mas também não é a morte, né?

A: Não parece ser. Mas quem sabe ao certo?

B: Também poderíamos estar sonhando.

A: Sim, mas não.

B e E: Não, não.

E: Que horror. Embora também seja possível que estamos em um lugar estranho, só isso, onde chegamos de forma pouco usual.

A: Sim, é possível.

E: Então proponho seguir por esse caminho.

A: Esse?

E: Sim, me parece o mais...

B: O mais perigoso.

E: Sim. E no perigo reside a salvação...

A: Quem disse isso?

E: Um presidente.

B: Ah.

A: Bom, vamos.

B: O que é isso?

A: Não sei.

E: É um perigo, não?

A: É o que parece.

B: E aquele ali ao lado é o caminho não perigoso.

E: Então já sabemos, temos que ir pela caverna.

B: Parece uma boa. Eu vou na frente.

A: Vamos, você vai no meio.

E: Tá.

B: ...

E: ...

A: ...

B: Não consigo ver nada

A: Pois é, tá muito escuro.

B: Sugiro voltarmos.

E: Haha! Se assustou!

B: Não, é que não dá pra ver nada, e este caminho não parece bom. O fato de ser perigoso não quer dizer nada.

A: Mas acabamos de dizer que sim.

B: Não, ela disse que sim.

A: Mas você achou uma boa.

B: Sim, mas mudei de ideia.

E: Tão rápido?

A: Ele é assim.

B: Sim, estou disposto a mudar de ideia quando me equivoco.

A: Mas você não pode ter se equivocado, pois apenas concordou com o que ela disse.

B: Me equivoquei em concordar.

E: E se não tivesse concordado? Éramos dois contra um.

A: Ela tem razão.

B: Ah, agora você está contra mim.

A: Não, não é pessoal.

E: Não briguem. De qualquer modo, este é o caminho que nos cabe.

B: Tenho a impressão de que você o impôs.

E: Não, eu propus e vocês aceitaram.

B: Mas quem é ela? Não a conhecemos. E se for uma armação, e se ela trabalha para eles e está nos levando de volta?

A: Mas aquilo lá fica pro outro lado.

B: Mmm, não é tão claro assim.

A: É claro sim.

B: Não, eu não me surpreenderia se saíssemos daqui e aparecêssemos lá.

A: Não, tem razão, nem eu. E está muito escuro...

E: Não sejam bobos. Estou tão perdida quanto vocês. Tudo o que eu disse é verdade!

B: Está chorando?

E: ...

A: Está chorando, olha o que você fez.

E: Quem está me abraçando?

B: Eu.

E: Sai!

A: Quer que eu te abrace?

E: Não!

B: Bom, vamos em frente.

E: Não, se vocês querem, vamos voltar. Vamos fazer o que vocês quiserem.

A: Não, vamos.

B: Sim, vamos. Você vem?

E: Sim, não vou ficar aqui...

A: Já parou de chorar?

E: Sim.

B: Rápido assim?

E: O que tem de estranho?

B: Parece suspeito.

A: Shh!

B: Desculpa.

E: Vocês são dois idiotas.

A: ...

B: ...

E: Vamos, andem.

B: Bom. Mas aviso que não sei aonde estou indo.

A: Isso nós já imaginávamos.

E: Não fale por mim.

A: Desculpa, era uma brincadeira.

E: Eu não imagino nada sobre ninguém.

A: Ah, então você não acha que ele não sabe aonde está indo?

E: Sim, mas não imagino.

B: Silêncio, escutei um barulho.

A: ...

E: ...

A: Não ouço nada.

E: Nem eu. Que escuro, não dá pra ver nada!

B: Sim, é muito escuro, mas o caminho é reto.

E: Ai!

A e B: O que foi?

E: Finquei o pé em alguma coisa.

B: O pé?

E: Sim, estou descalça.

A e B: Descalça?

E: Sim.

B: Por quê?

E: Não sei, devo ter perdido os sapatos em algum momento.

A: Em qual momento?

E: Não sei, acabei de perceber. Mas pode ter sido há muito tempo.

B: Que estranho.

A: Acho que você nunca esteve de sapatos.

E: Devo tê-los perdido no recital.

F: Olá.

A, B e E: Quem está aí?

F: Cuidado, acho que vamos colidir.

B: Ai!

F: Ai! Machucou?

B: Não, foi mais o susto. E você?

F: Não, não.

A: De onde você vem?

F: Do outro lado do túnel.

E: E?

F: Não há nada lá. Estou perdido e quero voltar pra minha casa, e achei que talvez este túnel...

A, B e E: Oh...

F: O que foi?

A: A gente achava que tinha que ir pra lá.

F: Ah, não, é melhor voltar.

B: Tem certeza?

F: Sim, do outro lado não só não há nada, como também há um cheiro muito desagradável, dá vontade de vomitar.

A: Cheiro de quê?

F: Não sei explicar.

B: Bem, vamos voltar.

E: Não, esperem! Por que vamos acreditar nele? Não conseguimos nem ver a sua cara.

A: Vamos continuar.

B: Acho melhor voltarmos, é uma perda de tempo. O que você acha?

E: Não sei.

F: Haha, não conseguem decidir. Continuem, não falta muito, e depois voltem e me contem.

A: Hmmm...

E: Vamos seguir o conselho dele?

A: E o que você propõe?

E: Não sei.

B: Eu voto em voltarmos.

E: Bom, é o único que disse algo, vamos voltar.

A: Vamos voltar.

F: Muito bem, boa decisão.

B: E você, quem é?

F: Como assim quem sou?

B: Ué, quem é.

F: E você?

A: Ele perguntou primeiro.

F: Sim, mas não sei o que responder.

B: Como não sabe?

F: O que você responderia?

B: Eu sou...

A: Não, não diga antes!

F: É que não sei o que dizer...

A: Está bem. Como chegou aqui?

F: Ah, isso é mais fácil de responder: não faço ideia.

B: Faz quanto tempo que está aqui?

F: Não sei, pouco, mas acho que mais que vocês.

E: Ah, esse túnel era tão comprido assim?

A: Não, já deveríamos ter saído.

B: É verdade...

A: Que estranho...

F: Não é estranho, aqui tudo é assim.

B: Assim como?

F: Estranho.

A: Que respostas úteis as suas.

F: Ah, e que irônico você.

A: Bom, digo sem ironia: que respostas inúteis as suas.

F: Já tinha entendido, era só uma observação.

A: Sim, claro, eu percebi.

F: Que inteligente!

B: Hahaha.

A: Você tá rindo do quê?

B: Nada não.

F: Vejo que você gosta de controlar os outros.

E: Não, só ele.

B: Só eu?

E: A mim ele não controla.

B: Nem a mim.

E e F: Hahaha.

A: Não sei do que estão rindo.

F: Sabe, sim.

E: Escutem, estou preocupada com o comprimento do túnel.

F: Não se preocupe, linda.

A: Como sabe que ela é linda?

F: Posso supor pela voz.

B: Supôs bem.

E: Bem, chega. De qualquer modo, continuo preocupada.

F: Não se preocupe, já vamos sair.

E: Não, mas já deveríamos ter saído.

F: Essa história de "deveria" não parece funcionar muito bem por aqui.

A: E o que é que funciona, já que você é tão sabichão?

F: Não faço ideia. O "não deveria" funciona um pouco melhor.

B: Não deveria o quê?

F: Depende do caso. Agora, por exemplo, "deveria" aparecer a saída, mas não aparece porque "não deveria".

B: Eu deveria estar com fome, pensando agora.

F: Claro, mas não sente fome porque "não deveria" não senti-la.

E: E eu deveria ter sapatos.

F: Ah, está descalça.

A: E o que que tem?

F: Nada, só um comentário. Também deveria estar vestida.

A e B: Está vestida.

F: Tem certeza?

E: Ah, não!

B: Está pelada?

E: Sim!

B: Você fez isso?

F: Eu?

B: Sim.

F: Quem me dera ter um poder desses!

E: Tenho a sensação de que foi você.

F: Entendo a sensação, mas não, não tenho nenhum poder.

A: E como soube que ela estava nua?

F: Foi uma suposição.

A: Baseada em quase nada.

F: Bem, ela tinha perdido os sapatos, de modo que...

A: Mas você não tinha como deduzir nada disso.

F: Não, deduzir não. Vocês devem ser esse tipo de gente que acha que tudo é deduzível. Eu não: eu falo, digo o que me dá na telha, e às vezes, sem me dar conta, percebo que digo coisas antes de sabê-las. Por exemplo, eu não pensei nela nua até depois de dizer, ou seja, ao mesmo tempo que vocês pensaram.

B: Lá está a luz, deve ser a saída.

E: Eu não posso sair assim!

A: Está totalmente nua?

E: Sim!

A: Mas não se preocupe com a gente, não vamos olhar.

B: Não, não vamos olhar.

E: Não vou sair assim.

B: Podemos buscar algo pra você se cobrir.

A: Sim, podemos fazer isso.

F: Acharemos alguma coisa.

B: Ih, sim, está nua.

E: Não olhe! Tem luz demais. Vou esperar vocês um pouco mais pra trás, não me abandonem.

A: Vamos buscar algo pra você.

E: Não me olhe!

A: Desculpa, desculpa.

E: Nem você!

F: Desculpa.

B: Bom, a gente volta logo.

E: Eu espero.

A: Pobrezinha...

B: Sim...

F: Você não parece tão incomodado.

A: Se você diz...

B: Ah, já estamos vendo sua verdadeira face.

F: Minha face? Que maravilha. É uma face normal.

A: Se você diz...

F: Que irônico!

A: Isso não foi uma ironia.

B: Ele tem razão, não foi uma ironia.

F: Se vocês dizem...

B: Onde vamos arranjar roupas?

F: Umas folhas.

A: Folhas?

F: Sim, tem uma árvore com folhas bem pequeninhas...

B: E por que não pensamos em dar a ela nossa roupa?

F: Ah, óbvio, suponho que seja porque é o que "deveria" ter acontecido.

B: Mas ela também não pensou nisso.

F: Claro que não, ela ainda menos do que nós.

A: Vou dar minha roupa pra ela.

F: Essa camisa?

A: O que ela tem de errado?

F: Não é um pouco curta?

B: Bom, vou dar minha camiseta.

F: Acha uma boa?

A: Suponho que você queira dar a sua.

F: Não, de jeito nenhum. Mas se insistem... Vou ali.

A: ...

B: ...

A: De bobo o cara não tem nada.

B: Não, nada.

A: Não vou com a cara dele.

B: Tá com ciúmes?

A: Do quê?

B: Dele?

A: Deveria?

B: Haha não, mas justamente por isso...

A: Ah, a teoria boba que ele inventou.

B: Tá com ciúmes.

A: Se você diz.

B: Sim, digo.

A: Tá bem, estou com ciúmes.

B: Sério?

A: Não!

B: Só tava perguntando.

A: Estão voltando.

B: Estão rindo.

A: Sim, agora que ele deu a camiseta pra ela, ficaram muito amigos.

B: Tá com ciúmes.

A: Para com isso, ainda mais na frente dele.

B: Sim, não se preocupe.

A: Serviu bem a roupa?

E: Sim, olhe.

B: Ah, um pouco curta.

E: Bem, sejam mais discretos.

F: Sim, por favor, não a incomodem.

A: Quer minha camiseta para usar como saia?

E: Não, tô bem assim, obrigada.

B: E a minha camiseta? Você continua meio pelada...

E: O que foi? Agora todos querem me dar roupa? Se ele não tivesse a ideia...

B: Eu que tive!

F: Ah, vejam só...

E: Bom, deu. Já chegamos.

B: Quanta luz!

E: Sim, incomoda um pouco.

B: E agora, aonde vamos?

A: Não há nenhum lugar aonde ir.

F: Tem um.

B: Qual?

F: Pra lá.

A: Não vamos pra lá.

F: Por quê?

B: Porque foi dali que nós fugimos...

A: Sh!

F: Eu também fugi dali.

A: Mentira.

F: Não, é verdade. Por sinal, matei um deles.

B: Sério?

A: É mentira.

B: Nós também.

F: Vocês também o quê?

A: Nada, saímos dali.

F: E mataram um?

A: Sh! É um deles.

B: Não parece um deles.

A: Não tem por que parecer.

F: Não sou um deles, por isso não pareço.

A: Se você diz.

F: Sim, digo.

A: Muito bem, eu não acredito.

F: Ah, não?

A: Não. Além disso, "não deveria"...

F: Vamos ver se acredita agora...

A: Ai! Toma!

F: Toma você!

E: Parem, parem!

B: Parem, vão se matar, parem! Deu!

A: Me solta, vou matá-lo!

F: Eu que vou te matar!

B: Ninguém vai matar ninguém. E ele não é um deles.

E: Sou da mesma opinião.

A: Então por que quer nos levar pra lá e nos entregar?

F: Quem disse que quero entregar vocês? Isso significaria me entregar também.

A: Pois é, mas não acredito que você não seja um deles.

B: Chega. Por que você quer ir pra lá?

F: Porque já explorei todos os lugares que podia, e suspeito que a saída deve estar do outro lado desse edifício, aonde não fui porque achei perigoso demais.

E: Ah, o lado perigoso.

B: Faz sentido.

A: Eu não vou.

F: Tá com medo?

A: Não, mas não confio em você.

F: E os outros?

B: Tá, venha.

A: Não.

B: Vamos todos.

A: Eu não vou.

E: Vem.

A: Me deixa.

E: Vem.

A: Não adianta fazer carinho.

E: Vem...

A: Tá, vamos. Mas quando estivermos lá, você vai na frente.

F: Beleza. À sua frente.

A: Dos três.

F: Sim, mas também à sua frente.

E: Chega, de novo não!

A: ...

F: ...

B: E o que você acha que tem do outro lado?

A: Não sabe.

F: Suponho que a saída. Em algum lugar tem que dar pra sair.

A: Mas você não sabe.

F: É uma intuição.

A: Ah, tá.

B: Deu, não provoque.

E: Ai, esses bichos!

B: Ui, estão picando suas pernas.

F: E as minhas costas!

A: O que você fez com a sua roupa?

E: Como assim o que eu fiz? Nada, desapareceu.

A: Como assim "desapareceu"?

E: Não faço ideia. De repente estava nua.

A: Acho que você tirou na caverna, embora não saiba por quê.

E: Como teria feito isso? Qual seria a vantagem?

A: Bem, agora todos olhamos pra você o tempo todo.

E: Preferia que não olhassem.

A: Sim, mas ao mesmo tempo fica mais segura se olharmos.

E: Não me sinto mais segura sem roupa.

B: E por que não aceita as que oferecemos?

E: Porque já está bom, não preciso de mais roupa.

A: No entanto, continua seminua, mostrando suas pernas e...

E: Não seja babão, por favor. De qualquer modo, não estou com vergonha, não sei por quê.

A: Não sou babão. E me sentiria mais confortável se você estivesse mais vestida.

E: Isso é ser babão.

B: Compartilho da opinião dele.

E: Então também é babão.

A: Está se exibindo.

E: Se quer pensar assim. A verdade é que pra mim tanto faz.

F: Não dê ouvidos a eles.

A: Nossa, como ele é compreensivo.

E: Bem mais que vocês, que não param de me incomodar.

B: Pega minha camiseta.

E: Não quero!

B: Pega, pega, sério.

E: Não quero!

A: Deixa ela, prefere andar pelada...

E: O que deu em você? Virou um imbecil? Nunca viu uma mulher com pouca roupa?

A: Sim, mas em outras circunstâncias.

E: Ah é? Quais?

A: Quer que eu descreva?

B: Chega, chega.

E: Você é um pervertido...

A: Me explique por quê, por favor.

F: Se quiser, eu mesmo explico.

A: Você não precisa explicar nada. Intua que é melhor.

F: Que irônico! Que afiado!

A: Bem mais que você.

E: Quer que eu tire a camiseta pra provar que pra mim tanto faz?

A: Prefiro não.

E: Bom, vou tirar mesmo assim, olha.

B: Mas...

A: ...

F: ...

B: Põe de volta, é melhor.

E: Não, tudo bem, vou andar pelada.

F: Não quer a camiseta?

E: Não.

F: Então vou pôr de volta.

E: Faça o que quiser. De qualquer forma, obrigado pelo empréstimo.

F: Não, tá calor, melhor eu também tirar a roupa.

A: Eu prefiro que você não faça isso.

F: Ó, já fiz...

B: Bom, vamos andar todos pelados e pronto.

A: Tá maluco?

B: Não, acho que é melhor.

A: Pra mim, não.

B: Só você vai estar de roupa, vai se sentir incomodado.

A: Não me importo.

F: Melhor, obrigado por nos poupar da visão de...

B: Não provoque.

A: Eu não ligo.

B: Vai ficar vestido?

A: Sim.

B: Não se sente incomodado?

A: Acho mais confortável ficar de roupa.

F: Ai, não quero nem imaginar ele pelado, por favor. Melhor ficar assim.

A: Ficarei assim.

B: Tira a roupa, vamos.

A: O que deu em você? Vou ficar assim.

B: Bem, eu vou ficar de cueca.

F: Que ridículo.

B: O que tem de ridículo?

F: Se vai tirar a roupa, tira tudo.

B: Me sinto mais confortável assim.

A: Bem, vou ficar como você.

F: Ai, não!

E: Que divertido isso!

A: Tá vendo? Você fez de propósito, tirou a roupa na caverna depois de concordar com ele.

E: Não seja estúpido.

F: Não, sim, é uma conspiração. Além disso, sou um dos malvados e vou entregar todos nus para serem torturados, e vou espiar tudo escondido e curtir a cena.

A: Finalmente confessou.

F: Sim, sou louco e pervertido, além de mau e mentiroso!

B: Chega, chega.

F: Você, tire a cueca.

B: Não, prefiro ficar assim.

F: Imagino por quê.

B: Tá insinuando o quê? E você, tá rindo do quê?

E: Não tô rindo.

B: Tava rindo de mim.

E: Não, de jeito nenhum. Achei engraçado o que ele disse.

A: É que é um tipo de humor...

B: Quer que eu tire a cueca?

E: Por mim, pode fazer o que quiser.

B: Vou tirar.

E: Tanto faz.

A: Pra mim não, fique de cueca.

B: Hmm, não, melhor tirar.

F: Haha.

A: Vamos te matar a socos.

F: Ah é?

B: Não, mas vamos te encher de porrada se continuar assim.

E: Se vocês baterem nele, vou ficar com ele.

A: E?

E: Vocês dois vão ficar sozinhos.

A: Estávamos melhor antes de você aparecer.

F: O casalzinho... Podem ir, eu fico com ela, que é mais bonita.

B: Não vamos. De qualquer modo, você que deveria ir embora.

F: Ah é? Por quê?

B: Porque chegou por último.

F: E o que isso quer dizer?

E: Não, ele acha que sou posse deles só porque chegaram primeiro.

A: Que história entediante!

E: Vai ficar de cueca?

A: Sim.

B: Tire e vamos todos nus. Sua cueca me incomoda.

E: Me incomoda também.

A: Bem...

F: Haha...

A: Tá rindo do quê?

F: Nada não.

E: Que bom, estamos todos nus e não sentimos vergonha.

A: Estranho...

E: Eu, inclusive, me incomodo por ter um corpo.

F: Como assim?

E: Não sei, preferia não ter nada me cobrindo...

A: Cobrindo o quê?

E: Cobrindo o meu.

A: Seu o quê?

E: Não sei...

B: Bem, já estamos chegando.

A: É verdade. Por onde entramos?

F: Pela porta não foi.

B: Imaginei.

F: Todo mundo é irônico neste grupo.

A: Poderíamos dar a volta por esse canto e entrar pela porta lateral. Precisamos arranjar uns paus.

F: Concordo.

B: Mesmo?

F: Mesmo, parece uma boa. O que tem de estranho?

A: Não interessa, fico feliz que possamos concordar sobre isso, que é importante.

E: A gente podia esperar escurecer um pouco e untar nossos corpos de barro.

B: Não...

A: Sim, é uma boa ideia.

F: Vamos sentar aqui um pouco.

A: Sim, sim, descansemos um pouco. Alguém tá com fome?

B, E e F: Não.

A: Nem eu. Que estranho...

B: Estranho mesmo.

F: Aqui não se come muito.

A: Percebi.

F: Que irônico.

B: Chega.

A: Que cara chato.

F: Não foi uma ironia?

A: Sim, mas não uma que pudesse incomodar alguém, porque se referia à situação.

F: Se você diz...

A: Ficou incomodado?

F: Não, nada que você diz é capaz de me incomodar.

A: Fico contente.

F: Que irônico.

A: Não é irônico, fico contente porque você não se incomodou.

F: E se tivesse me incomodado?

A: Se tivesse, estaria errado.

F: Por decisão sua?

A: Não, porque não era uma ironia que pudesse incomodá-lo.

F: Mas se me incomodasse já seria o suficiente, não?

A: O suficiente para você estar errado.

E: Vocês são muito entediantes!

F: Isso não foi irônico.

E: Não.

A: Deu pra ver que não.

F: Sim, deu pra ver.

E: Ah, agora estou me divertindo.

F: Isso foi uma ironia?

E: Sim, óbvio.

A: Não é óbvio. Poderia ser que, de repente, o que antes lhe entediava passasse a ser engraçado.

E: Não foi o caso.

A: Você já disse que não.

E: Estou ficando entediada de verdade.

A: Desculpa, mas não podemos ficar pensando se o que vamos dizer vai te entreter.

E: Por que não?

F: Poderíamos sim.

A: Bom, poderíamos, mas não temos nenhum interesse nisso.

F: Fale por você.

A: Ah, estava tentando entretê-la?

F: Não, mas poderia começar a tentar.

E: Não acho que vocês sejam capazes de me entreter.

F: Nem vou tentar.

E: Mas você disse que...

F: Disse que poderia, não que o faria.

E: E não vai fazer...

F: Não.

A: Menos mal, já estava pensando em como faria para não escutar suas piadas.

B: Olhem lá.

A: Quem são?

B: Não sei.

F: Eu conheço o da esquerda, acho.

A: O ruivo?

F: Sim.

A: Quem é?

F: Não sei como se chama.

A: E o que você sabe sobre ele?

F: Nada.

A: Que útil.

F: De novo com as ironias?

A: Desculpa, desculpa.

F: Essa podia me incomodar?

A: Sim, essa sim.

F: Mas não me incomodou.

A: Fico contente.

F: Isso foi uma ironia?

A: Não.

F: Fico contente.

A: Isso foi uma ironia?

F: Não.

A: Fico contente.

F: Isso foi uma ironia?

A: Não.

F: Fico contente.

A: Isso foi uma ironia?

F: Não.

A: Fico contente.

F: Isso foi uma ironia?

A: Não.

F: Fico contente.

F: Isso foi uma ironia?

A: Não.

F: Fico contente.

E: Que divertido!

A: Isso foi uma ironia?

E e F: Não.

A: Fico contente.

E: Que divertido!

F: Isso foi uma ironia?

A e E: Não.

F: Fico contente.

E: Que divertido!

A: Isso foi uma ironia?

E e F: Não.

A: Fico contente.

E: Que divertido!

F: Isso foi uma ironia?

A e E: Não.

F: Fico contente.

E: Que divertido!

A: Isso foi uma ironia?

E e F: Não.

A: Fico contente.

B: Bando de pé no saco!

E: Que divertido!

F: Isso foi uma ironia?

A, B e E: Não.

F: Fico contente.

B: Bando de pé no saco!

E: Que divertido!

A: Isso foi uma ironia?

B, E e F: Não.

A: Fico contente.

B: Escutem!

E: Que divertido!

F: Isso foi uma ironia?

A, B e E: Não.

F: Fico contente.

B: O ruivo tá vindo!

E: Que divertido!

A: Isso foi uma ironia?

B, E e F: Não.

A: Você disse que o ruivo tá vindo?

E: Que divertido!

B: Sim, olhem, ali.

A: Será que ele nos viu?

B: Acho que não.

F: Mas dali ele nos ouve.

E: Não parece, né?

A: Não, parece perdido.

F: O que ele tá fazendo?

B: Não faço ideia.

F: Que resposta útil.

B: Isso foi uma ironia?

F: Sim, peço desculpas.

B: Passou do ponto mesmo.

F: Sim, peço desculpas.

B: E de que adiantam as desculpas?

E: Não exagere.

B: Eu tô exagerando?

A: Sim.

B: Por quê?

A: Olhem, tá vindo pra cá.

B: Por que eu tô exagerando?

A: Depois falamos.

B: Não, agora!

E: Sh!

A: O que ele quer?

B: Quem?

A: O ruivo.

B: Não sei.

F: Quase que eu digo outra vez.

B: O quê?

F: Nada, não importa.

B: Outra ironia?

F: Não, a mesma.

B: Ia ser outra...

F: Não, seria a mesma outra vez.

A e E: Sh!

B: Não vou me calar, quero saber por quê...

A, E e F: Sh!

B: O quê? Agora estão todos contra mim?

A, E e F: Sh!

B: O que foi?

A: Aí vem o ruivo!

B: Eu sei, fui eu que falei.

F: Bem, então cale a boca.

B: Calo se eu quiser.

A: Não, cale a boca.

E: Cale a boca.

B: Se eu quiser, posso gritar.

A, E e F: Cale a boca!

B: Vou gritar.

A: Não faz is...

B: Ei, ruivo!!

A, E e F: Que imbecil!

B: Não, sou livre.

A: É livre? Enfrente ele sozinho, agora que é livre.

B: Eu não, nem a pau.

A: Tá vindo pra cá. Quando chegar vai nos ver.

B: Não vou sozinho. Ei, não me empurrem!

A: Vão nos pegar por sua culpa.

E: Que imbecil.

B: Vamos matá-lo.

A: O quê? Quem?

B: O ruivo. Quem mais seria?

F: Ah, é uma boa ideia.

E: Tá falando sério?

F: Sim, claro. Depois do grito, não temos muitas opções.

A: Hmmm, bem, quando ele chegar a gente parte pra cima dele.

B: Tem um pau aqui.

F: Ah, aqui tem outro.

A: Eu atiro essas pedras nele quando ele estiver chegando, e vocês vão pra cima dele com os paus.

E: E eu?

A: Nada, não precisa.

E: Por quê? Por que sou mulher?

F: Não, porque não está armada.

A: O que ele tá fazendo? Tá virando pro outro lado...

F: Ih, foi buscar mais gente...

A: Se vierem muitos, não poderemos enfrentá-los.

E: E vão nos prender...

A: E outra vez discutindo assuntos... Ah, não... Você é um idiota.

B: Eu?

A: Não, eu...

F: Agora tá olhando pra cá de novo, não sabe o que fazer.

E: Eu poderia atraí-lo.

A: Como?

B: Poderia seduzi-lo, nua desse jeito, e trazê-lo pra cá, assim vocês o pegam.

A: Pode ser?

E: Pode, vou antes que ele parta.

F: Tem certeza?

E: Sim, além disso ele gritou com sua voz aguda, que parece de mulher, então...

F: Haha. Acho que isso não foi uma ironia.

B: Depois eu vou te matar.

E e F: Quem?

B: Você.

F: Que medo!

E: Bem, vou lá. Trago ele pra cá e vocês partem pra cima dele.

A: Tá. A gente te cuida daqui.

F: Boa sorte.

E: Não vou precisar.

F: ...

A: ...

B: ...

F: Que gata.

A: Ela é maravilhosa.

B: Sim, mas meio monga, olhem como ela anda.

A e F: Sh! Cale a boca!

F: Haha. Olhem o jeito que o ruivo olha pra ela.

A: Mal pode acreditar.

B: Parece hesitar...

A: Sim...

F: Já a beijou, haha.

A: Pobrezinha...

B: Não parece incomodada. Agora está beijando a orelha.

A: E o pescoço.

B: Está tocando ele.

F: E ela deixa... Pobrezinha...

A: Ele está se contorcendo...

F: Lá vem eles, quietos.

A: Primeiro eu atiro as pedras...

B: Tente acertar na cabeça.

A: É a ideia. Sh...

F: ...

B: ...

A: ...

E: Venha, vamos atrás daqueles arbustos.

G: Ali atrás? Não, melhor lá.

E: Não, ali atrás ficaremos mais tranquilos.

G: Não, prefiro os arbustos de lá.

E: Não, vem pra cá.

G: O que tem ali?

E: Onde?

G: Ali.

E: Nada, já disse que estava sozinha, perdida.

G: Hmmm...

E: Não acredita em mim, ruivo lindo?

G: Sim, mas... Melhor irmos pra lá.

E: Vem pra cá, vamos.

G: O que foi? Que diferença faz o lugar?

E: Não, nada, é que eu já estava ali e...

G: E o quê?

E: Nada, olha só, tenho uma coisa que você vai gostar...

G: Ai! Meu ombro! Ai!

B e F: Aaaahh! Toma!

G: Ai!

B e F: Toma!

G: ...

B: Toma! Tomaaaa!

A: Acho que deu.

B: Toma!

A: Deu, para!

B: Toma!

A, E e F: Para!

B: Tá bem...

A: Morreu?

F: Hmmm... Não sei.

A: Vejamos... Parece que sim.

G: Aii...

E: Tá se mexendo!

B: Toma!

A, E e F: Ai! Que bruto!

B: O quê?

A: Precisava dar essa paulada, desse jeito?

B: Sim, ele estava se mexendo.

F: Que bruto.

E: Agora me deu um pouco de pena.

B: Pena?

E: É que parecia ser um cara sensível...

A: Sério que tá com pena?

E: Não, foi só por um instante.

F: Vamos escondê-lo aqui atrás.

B: Que pesado!

F: Uff!

A: Deu.

B: E agora?

F: Tanto faz.

B: Como tanto faz?

F: Sei lá, tanto faz.

A: É verdade... É como se tanto fizesse.

F: Também tenho essa impressão. Sinto que o que fazemos ou deixamos de fazer não tem nenhuma importância. Agora estamos nus, matamos um homem... Poderíamos ter feito qualquer outra coisa.

A: Sim, mas não é só isso. É como se o que fizéssemos não fosse de todo real, em algum sentido.

B: Em que sentido? Veja esse morto. Está morto, é real.

F: Se você diz...

B: Isso foi uma ironia.

E: Vou me deitar e descansar um pouco enquanto vocês discutem.

F: Bem, vai lá. E sim, foi uma ironia.

B: Descabida.

F: Não me pareceu descabida: o que você disse é uma bobagem.

A: Não, o que ele disse não é de todo besteira. O morto está aí: tem sangue, logo vai estar cheirando mal. E assim, não se trata de um sonho, isso está bem claro. E, no entanto, há algo de irreal, que tira a importância do que fazemos. Em qualquer outra circunstância, eu enlouqueceria ao matar alguém. E agora já matei duas pessoas, e não aconteceu nada...

B: É isso o que eu queria dizer.

F: Mas você já tinha matado alguém antes?

A: Não.

F: Então não tem como saber se há alguma diferença entre esta situação e qualquer outra.

A: É verdade. Mas ao mesmo tempo estou nu, e isso tampouco me provoca nada.

F: Hmm... Sim, isso é mais estranho.

A: Mas fico excitado ao vê-la nua.

F: Claro, eu também.

B: Eu também. Vejam ela dormindo. É linda.

A: Mas o que sinto não é desejo sexual.

F: No meu caso é.

B: No meu também.

A: Bom, no meu também, um pouco.

E: ... e as lágrimas caem de volta...

B: Está falando...

A: ... enquanto dorme.

E: ... em uma pedra de vidro...

B: Ah, é uma canção de Azucena.

E: ... nua me deixo ser levada à sua vida...

F: Ruinzinha essa letra.

A: Hmm...

B: Eu gosto.

F: Não me surpreende.

A: Bom, chega. Você não deixa ele falar.

F: Desculpa.

B: Tudo bem, eu não me importo.

A: Mas é estranho, porque se importa, sim. Quer dizer, nos importamos com as relações que temos entre nós, não?

F: Mas nada além disso.

B: Continuamos sem saber o que, como ou quando fazer.

F: Se sinto que tudo dá no mesmo, não consigo decidir nada. Só consigo seguir adiante sem pensar.

A: Mas se isso é irreal, tampouco parece existir qualquer coisa real.

B: Bem, suponho que o real é aonde vamos.

F: Que interessante...

B: Outra ironia!

F: Não, tô falando sério! A ideia é muito interessante.

B: Ah, obrigado.

A: Claro, estamos tentando chegar a algum lugar onde as coisas se tornem reais.

B: Mas pra quê? Ficaremos melhor do que estamos agora?

A: Talvez não, mas não temos escolha.

F: Não, não temos escolha: devemos ir em direção àquilo que nos pareça real. Se isso for a nossa vida passada, devemos ir em direção à nossa vida passada.

B: Eu não quero ir à minha vida passada.

A: Quer ficar aqui?

B: Não.

A: E então?

F: De qualquer maneira, acredito que estamos indo em direção a algo diferente de nossa vida passada. Nossa vida passada não poderá mais ser a mesma depois disso. Esse é um caminho para algum lugar.

A: Por algum motivo, eu também tenho a sensação de que não podemos voltar à nossa vida passada e que nossa vida passada é, justamente, passado.

F: Estamos indo à nossa vida futura.

B: Isso soa bem.

F: Mas é uma coisa banal. Não sabemos nada, não entendemos nada...

A: ... mas o irreal do que temos nos faz continuar avançando.

B: Isso é verdade.

E: ... soberana do augúrio...

F: Péssimo.

A: Horrível.

B: Eu gosto.

A: Eu gosto muito de Azucena, mas essas canções...

B: São do primeiro disco.

A: Ah.

E: ... as coisas que não são contra as que são...

A: Está nos escutando?

B: Não, é uma canção de Azucena.

E: ... o último inimigo a derrotar será a morte...

F: Isso também?

B: Sim, se chama "Matar a morte".

A e F: Impressionante!

B: Estão debochando?

A e F: Não, de modo algum.

A: Eu não conhecia.

E: ... às vezes, de fato, nos encontramos desaparecidos em um estado de aflição; por que razão? Não saberíamos dizer...

A e F: E essa coisa?

B: Não faço ideia.

A: Que horror...

B: Tá se mexendo...

F: Como ela é linda. Se vocês não estivessem aqui, acho que não conseguiria me segurar e pularia em cima dela.

B: Eu também não.

A: Bem, eu também não. Mas poderíamos fazer alguma coisa?

B: Você quer dizer, se daria certo...

A: Sim, porque não me parece que...

F: É verdade. Estamos aqui olhando pra ela, pensando nisso, e nada, nenhuma sensação, só o desejo... Que horror.

B: Isso é o irreal, não? Sentir desejo sexual e não poder realizá-lo.

A: Claro, o desejo não pode ser realizado porque o objeto do desejo é irreal.

F: Tudo parece funcionar assim neste lugar.

A: Podemos desejar o que quisermos, de qualquer forma não teremos como realizar.

B: É isso aí, a sensação é essa.

F: Mas podemos brigar entre nós, podemos matar alguém...

A: É estranhíssimo, não faz muito sentido. Parece um mundo criado por um deus menor, ou um demônio pouco hábil, ou ao menos por alguém que não teve muitas ideias.

F: Sim, e isso é o irreal: o fato de ser malfeito. O mundo de onde viemos é real porque é muito justinho, muito amarrado, muito bem pensado. Foi feito por um deus grande, muito importante ou, ao menos, muito hábil.

B: Não estou convencido. É muito provável que você ache isso porque nasceu e foi criado nele. Tenho certeza que, para esse ruivo, este mundo era muito perfeito e bem pensado.

A: Não seja relativista. A possibilidade de que alguns mundos sejam mais bem pensados que outros existe. Este mundo é ridículo. Não tem nem sequer gente para ocupá-lo! Ou tem, mas são tão poucos que não os vemos nunca.

B: Bem, sim, mas você não pode dizer que o mundo de onde viemos é perfeito.

A: Por quê?

B: Porque não é perfeito.

F: Eis um bom argumento!

B: Não deboche, você sabe que eu tenho razão.

F: Não, não sei.

A: Desculpa, mas eu também não.

B: Também não o quê?

A: Também não acho que você tenha razão.

B: Não? Preciso descrever as coisas horríveis deste mundo.

A: Não, não precisa. Posso até concordar que é um mundo ruim, malvado, mas não que seja mal pensado e malfeito.

B: Ah, entendi...

F: De fato, é tão complexo que é difícil de entender.

A: Isso soa como teologia.

F: É teologia, sim.

B: Essa discussão parece aquelas que nos obrigavam a ter.

A: Sim, mas lá nunca nos deixavam questionar este mundo.

F: Nem elogiar o nosso.

B: Mas quem disse que são mundos diferentes? Se nem sequer sabemos onde estamos.

A: Ora... é óbvio.

B: O que é óbvio?

F: Que este é outro mundo.

B: Se nosso mundo é tão complexo e ajustado, bem que poderia abrigar este inteiro.

A: Isso é verdade.

B: Além disso, tudo isso que estamos vendo é...

F: Acordou.

E: Ai, dormi muito?

A: Não, só uns minutinhos.

E: Ah, não estava com sono mesmo, não sei por que me deitei. Vocês continuam discutindo? Já está escurecendo...

B: Sim, mas a discussão está boa.

F: Com o que você sonhou?

E: Por quê? Falei dormindo?

A: Um pouco?

E: E o que eu disse? Disse alguma coisa sobre vocês?

B: Não, não. Cantou canções de Azucena.

E: Ah... É verdade, sonhei com Azucena. Com o último recital que fui.

A: E aí?

E: Acho que acordei quando sonhava com a última coisa de que me lembro antes de me perder neste lugar.

B: Você também disse outra coisa.

E: O quê?

F: Disse algo como isso: "Às vezes, de fato, nos encontramos desaparecidos em um estado de aflição; por que razão? Não saberíamos dizer".

E: Ai...

A: O que é isso?

E: Não sei, mas é muito triste.

B: Sim.

A: Sim.

F: Sim.

E: E aí? Chegaram a alguma conclusão?

F: Não, estava faltando sua intervenção para desempacarmos.

E: Tá sendo irônico?

F: Um pouco, mas sobretudo porque não acho que você possa nos desempacar.

A: Não. O mais provável é que, com a sua intervenção, a

gente se enrole ainda mais.

B: E não sabemos o que fazer.

F: Mas a ideia é que dá no mesmo.

E: Como poderia dar no mesmo? Sabemos o que precisamos fazer: ir para o outro lado dessa construção que bloqueia o vale inteiro, pois acreditamos que a saída fica do outro lado.

A: Sim, perfeito. Mas saída pra onde?

E: Que importância tem?

A: Como é que não tem importância?

E: Não dava tudo no mesmo?

A: Sim...

E: E então?

A: Mas o que você diz não faz sentido: o que vamos fazer não "dá no mesmo" pois só há uma coisa que devemos fazer, que é passar para o outro lado dessa construção, mas, ao mesmo tempo, tanto faz o que há do outro lado, porque não temos opção.

E: Não vejo o problema.

F: Agora também não vejo mais.

B: Você trouxe a solução!

E: Fico contente.

F: Mas não parece contente.

E: Não. Deveria estar? Vamos fazer a única coisa que podemos fazer, que nem sequer é algo que queremos fazer, porque não temos opção, e além disso não sabemos e não temos como saber aonde isso que faremos irá nos levar.

B: Mas se vamos fazer é porque suspeitamos que nos levará a um lugar melhor...

F: Eu não "suspeito" nada.

B: Bem, sem deboche.

F: Não estou debochando.

B: Ah, não? E esse tonzinho desdenhoso em "suspeito"?

F: Não, não foi desdenhoso.

B: Foi ou não foi?

A: Eu achei que sim.

F: Ah, estão se unindo contra mim outra vez.

A: Não, de jeito nenhum. Eu ia debochar dele se você não tivesse feito isso.

B: Ah, unidos contra mim.

E: Chega, vocês estão me entediando.

B: Bem, desculpa, vossa alteza, mas...

E: Toma!

B: Ai!

A e F: Hahaha.

B: Doeu!

E: Estava merecendo.

A: Sim, estava merecendo.

B: E agora vai dizer que eu não posso revidar.

E: Pode.

B: Sério? Você deixa?

F: Qual é o seu problema? Está mais imbecil a cada minuto.

B: Bem, bem.

A: Não, mas sério. Qual é o seu problema?

B: Estou triste.

A, E e F: Hahaha!

B: Não sei qual é a graça.

E: Suspeitei!

A, E e F: Hahaha.

B: Tchau, vou seguir sozinho.

A: Não, pare.

B: Não, eu vou embora, vocês fazem com que eu me sinta pior.

F: Tchau.

A: Não, espere, não vá embora.

B: Vocês fazem com que eu me sinta um idiota.

F: Dessa vez, não tenho nada a acrescentar.

B: Tá vendo? Vou embora, não tem discussão.

A: Vai pra onde?

B: Não sei, pra lá.

A: Vai atravessar sozinho? É perigoso.

B: Vou tentar.

A: Não, vamos todos.

B: Não, eu vou agora.

A: Não, vamos todos agora, tá?

E e F: Tá bem, vamos.

E: Vamos passar barro em nossos corpos.

B: Eu não quero.

A: Faça isso, se não todos seremos descobertos.

B: Por isso que eu vou sozinho.

A: O que você está fazendo é uma idiotice.

B: Sou idiota.

F: Isso eu não discuto.

E: Pare um pouco! Venha, eu passo o barro em você.

B: Não, não, me solta.

E: Vamos, vem cá, vamos atrás daquela árvore, que ali tem muito barro.

B: ...

E: Tá? E você passa em mim...

B: Tá bem...

A: ...

F: ...

F: Que injustiça!

A: O quê?

F: Não, nada.

A: Olha o jeito que ela passa o barro...

F: Não... Tem que ser bobo pra se dar bem.

A: Ele não é bobo.

F: Olhe...

A: Que inveja...

F: Veja como se acariciam...

A: Não quero ver...

F: Mas não tá acontecendo nada...

A: Com o quê?

F: Com ele, não parece se excitar...

A: Ah, sim. Os dois parecem estar se excitando, mas não vão conseguir ir muito longe.

F: Isso me reconforta.

A: Que sujeitinho.

F: Não, mas imagine só se eles começam a se pegar ali mesmo, e nós dois aqui.

A: Hmmm...

F: Melhor assim, nus e inúteis, até sairmos daqui. Depois a gente vê. Mas veja o jeito que eles passam barro um no outro.

A: É muito erótico.

F: Mas frio, né?

A: Pra nós.

F: E pra eles. Parecem atores...

A: Sim... Mas parecem estar se divertindo...

F: Você acha? Eu acho que não. Depois perguntamos pra ele.

A: Tá. Mas mesmo assim dá vontade de estar no lugar dele.

F: Sim, sim.

A: Olhe, agora ela parece irritada.

F: Haha, sim. Deve estar decepcionada com a falta de resposta dele.

A: Deve achar que ele não quer...

F: Aí vêm eles.

E: Alguém mais quer que eu passe barro?

A e F: O quê?

E: Não entenderam a pergunta? Querem que eu passe barro em vocês?

A: Tá irritada com alguma coisa?

E: Não, não tô irritada!

F: Eu passo sozinho, obrigado.

E: E você?

A: Eu também, mas obrigado. Tá tudo bem?

B: Sim, sim. Mas aquilo que estávamos falando antes, sobre o funcionamento do desejo sexual...

E: Cale a boca!

B: Desculpa.

F: Haha.

E: Tá rindo do quê?

F: De nada, de nada. Falta barro nas suas costas.

A: Aqui? Aqui tá bom?

F: Perfeito. E as minhas costas?

A: Perfeitas. Faltou o ombro... Deu.

B: E agora?

A: E agora deveríamos ir pra lá.

F: Tem uma porta na lateral. Podemos entrar por ela e ver aonde dá.

B: Como você sabe que tem uma porta na lateral?

F: Eu fugi por ali. E vocês?

A: Não sei por onde saímos. Não tinha porta. Passamos por uns lugares asquerosos e depois demos em uma pradaria aberta, naquela direção.

F: Não passaram por nenhuma porta? Não havia guardas?

A: Não, né?

B: Não sei, eu estava de olhos fechados.

F: Por quê?

A: Estava com nojo.

E: Só imagino...

B: O que você quer dizer?

E: Nada.

F: Então deveríamos procurar esse lugar por onde vocês saíram. A porta por onde eu saí tinha muitos guardas.

A: Não, a nossa saída foi pouco perigosa, mas muito asquerosa.

E: Nada me dá nojo.

B: Como assim?

E: Nada. Qual é o seu problema?

B: Nada.

A: Eu procuraria outra opção. Não gostaria de atravessar aquilo de novo.

F: Era tão nojento assim?

A: Muito mais do que nojento. Acho que por isso não tinha ninguém cuidando daquela saída: achavam que ninguém conseguiria passar por ali.

E: O que tinha lá?

A: Não consigo nem dizer.

F: Desembucha...

A: É que não sei o que era. Você viu um pouco.

B: Sim, mas não discerni nada. Fiquei com nojo e fechei os olhos.

E: Tanto nojo assim?

B: Sim, não conseguia abrir os olhos.

F: E não consegue descrever?

A: Não, não saberia por onde começar.

F: Não tô entendendo.

B: Melhor, deixa assim. Não podemos ir por lá.

A: Além disso, não saberíamos como ir. Mas e você, como passou pela porta se havia guardas?

F: Matei eles.

E: Sério?

F: Sim, mas não sei como fiz isso. Estava totalmente descoordenado. Acho até que tava drogado. Eles tinham me dado alguma coisa, sem dúvida, e no fim se deram mal, porque o efeito foi muito...

A: Fortalecedor?

F: Sim. Fiquei fora de mim. Agora não conseguiria matar ninguém.

A: Então só nos resta a porta principal.

F: Não podemos entrar pela porta principal.

A: Bem, então ficaremos dando voltas por aqui, nus e embarrados.

E: E depois?

A: Não existe depois. Faremos isso eternamente.

E: Não.

A: Claro que não. Tô dizendo isso porque a porta principal parece ser a única opção.

F: Mas lá também deve ter muitos guardas. Seria caminhar em direção à morte.

B: Vamos dar uma olhada.

A: No quê?

B: Vamos olhar a porta principal de perto.

F: Tá maluco.

E: Eu tô com ele: precisamos ver de perto.

A: E se acharmos que é possível, passaremos. Se não, pensaremos em outra coisa.

F: É uma situação complicada, porque não tem essa de "se for possível": não é possível. Mas, ao mesmo tempo, não há "outra coisa" em que pensar. Estamos de mãos atadas.

B: Só se você estiver de mãos atadas. Eu acho que a gente deveria olhar.

E: Ele tem razão.

B e F: Quem?

E: Você.

A: Então vamos, não há o que discutir.

F: Eu não vou.

E: Como não vem?

F: Não vou.

E: Vamos, venha.

F: Não, não.

E: Venha, não seja covarde.

F: Não, me solta.

E: Bem...

F: Tá bom.

B: Foi mais fácil convencê-lo.

E: Cale a boca.

F: ...

A: ...

B: ...

E: ...

A: Quando passarmos daquela árvore, vamos nos agachar.

B: E depois daquela a gente vai se arrastando.

F: A gente devia nos esquivar dessa luz.

E: Tomem cuidado com isso.

A: Ui, sim, cuidado.

A, E e F: Sh!

A: O que houve?

B: Nada, alguma coisa me picou.

E: Se você gritar, eles sem dúvida vão nos pegar.

B: Desculpa, é que alguma coisa me picou.

A: Onde?

B: Não interessa.

E: Onde?

B: Bem aqui.

F: Haha.

E: Melhor assim, vamos ver se com a picada...

A: Abaixem, abaixem!

B: Quem é esse aí?

F: É um dos guardas, acho.

B: Eles se vestem assim?

F: Deve ser o chefe.

B: Que ridículo...

E: É um sujeito grandalhão.

A: Vamos esperar ele ir embora.

B: ...

E: ...

F: ...

A: O que ele tá fazendo?

F: Parece estar vindo pra cá.

B: Mas não parece ter nos visto.

A: Não.

F: Se ele chegar muito perto, vamos usar a mesma estratégia de antes.

E: Nem a pau.

F: Por quê?

E: Porque não. O que vocês pensam que eu sou? Olhem pra esse cara...

F: Ora, por favor, agora de repente você virou...

E: Fecha essa boca!

B: Vamos...

E: Você também, boca fechada.

A: Ufa, parece que está voltando.

F: Tá indo embora... Se safou dessa.

E: Não, porque eu não pretendia fazer nada.

F: Então reitero: se safou dessa.

E: Vocês também.

F: Sim, óbvio.

B: Mas o que a gente vai fazer quando chegar lá?

A: É uma boa pergunta. Por enquanto, vamos espiar um pouco sem sermos vistos.

B: E se nos virem?

A: A ideia é não sermos vistos.

B: Mas e se nos virem?

F: Não vão nos ver.

B: Como você sabe?

F: Porque tenho uma ideia.

A: Que ideia?

F: Ela vai e...

E: Não!

F: Era uma brincadeira!

B: Que ideia?

F: Bem, ela vai e...

E: Não!

B: Vamos, desembucha!

F: Bem, ela vai e...

E: Não!

B: Vai dizer ou não?

F: Não.

E: Que imbecil.

A: Você tem uma ideia ou não?

B: Não tem.

F: Tenho, sim.

B: E qual é?

F: Não posso dizer.

A: Por quê?

F: Porque se eu disser, não vai funcionar.

B: Você não pode fazer isso!

F: Você nem sabe o que eu quero fazer.

E: Mas não pode fazer algo sem nos avisar o que é.

F: Por quê?

A: Não pode, precisamos chegar a um consenso.

F: Depende.

B: Depende do quê?

F: Depende do que eu quiser.

A: Não é assim que funciona.

F: Não sabia que existia uma normativa específica para casos como esse.

B: Beleza, mas existe.

F: Ah, e qual é?

B: Precisamos cooperar e agir de comum acordo.

F: Sempre que isso for o melhor.

A: Sim, suponho que sim.

F: Bem, mas nesse caso o melhor é eu não contar a ideia e colocá-la em prática. Tenho certeza que vai dar certo e passaremos sem problemas por essa porta. Mas se eu contar a ideia, não tem como colocá-la em prática: meu plano precisa do efeito surpresa.

B: Você não pode fazer isso.

F: Tem alguma ideia melhor?

B: Não tenho como saber se é melhor.

F: Tem alguma ideia?

B: Não.

F: Bem, eu tenho.

A: Mas preferimos saber.

F: Já disse, se eu explicar, perco a ideia, e não acho que possa existir uma ideia melhor. Talvez seja a única ideia possível.

B: Não pode ser a única possível.

F: Você tem alguma?

B: Não.

F: Então não discuta.

E: Se é assim, você não deveria ter dito nada.

F: Não! Isso sim seria pouco ético! Eu tenho uma ideia que envolve vocês, por isso contei. Ficar calado seria incorreto.

B: Mas não quer nos dizer que ideia é essa que nos envolve!

F: Já expliquei por quê: se eu contar, a ideia desaparece, evapora. Além disso, preciso da sua colaboração.

E: Não gostei. Não quero que você faça nada.

F: Se formos pra lá, terei que executá-la.

A: Por quê?

F: Porque só tem como dar certo na primeira vez que formos olhar a porta principal: minha ideia exige que não saibamos muito bem como é a porta principal.

B: Não gostei.

F: Bem, pense em outra ideia.

B: Não tenho nenhuma.

A: Nem eu.

F: Ah, existe outra sim.

B: Qual?

F: Ela vai e...

E: Não!

F: Bem, então não existe outra.

A: Mas a sua ideia é melhor que ela ir e...?

F: Muito melhor: é uma ideia infalível. Todos conseguiremos passar e depois ficaremos muito contentes.

A: Você acha que, caso pudéssemos saber a ideia, não apresentaríamos nenhuma objeção?

F: Nenhuma.

B: Como pode saber?

F: Não é tão difícil, né?

B: Mas você pode se enganar.

F: Sim, e?

B: Então...

A: Bem, chega, parece que vamos ter que escutá-lo.

B: Não!

A: Tem alguma ideia melhor?

B: Não.

A: Você?

E: Não.

F: Feito, obrigado.

A: Então, vamos escutá-lo.

F: Vocês só precisam se aproximar da porta sigilosamente, como íamos fazer, e depois...

A: Muito bem. Tem certeza do que vai fazer?

F: Certeza absoluta.

B: E se der errado?

F: Não tem como dar errado.

B: Não?

F: Bem, tem, como tudo. Mas não acho que vá dar errado.

B: Mas e se der errado?

F: Não vai dar errado. É como se eu te dissesse: por favor, passe barro no nariz. Poderia dar errado, mas é muito improvável.

B: Pode dar errado.

A: Tá, mas ele tem razão: se fizer com atenção, é muito difícil.

B: Mas sim, pode dar errado, posso passar errado o barro.

F: Ui, sim!

B: Bem, e o que acontece se der errado?

F: O barro fica mal passado.

B: Falando sério.

F: Seria um desastre. Mas não vai dar errado. Eu ficaria muito surpreso se desse.

E: Não vai dar errado.

F: Obrigado.

A: Também acredito nisso.

F: Obrigado. E você? Preciso de total confiança.

B: Sim, confio, mas não totalmente.

F: Tá bem, por enquanto é o suficiente.

B: Por enquanto? Como assim?

F: Nada! Não quer dizer nada!

B: Como não quer dizer nada?

F: Não quer dizer nada!

B: Alguma coisa quer dizer...

F: Sim, para você parar de encher o saco.

A: Bem, não discutam: estamos em suas mãos, o que fazemos?

F: Precisamos juntar essas coisas.

E: O que são?

F: Não faço ideia, mas não importa o que são: servem.

E: Tá bem.

B: Pra que você quer que juntemos essas coisas?

F: De novo? Não posso dizer.

B: Me sinto um pouco estúpido fazendo coisas que não sei para que servem.

F: Não vou explicar nada.

B: O que você quer dizer?

F: ...

E: Pare de discutir e faça o que ele está dizendo.

B: Juntar coisas que não sabemos o que são para algo que não sei o que é?

F: Sim.

B: Que tolice...

A: Quantas?

F: O máximo que pudermos. Vamos fazer uma pilha ali.

E: Vi que tinha um monte ali atrás dá árvore.

F: Eu junto ali.

B: Ai ai... não tô com vontade.

F: Vai ficar assim o tempo inteiro?

B: Sim.

A: Trate de colaborar.

B: O que deu em vocês? De repente se tornaram todos escravos dos caprichos dele?

A: Não seja babaca.

B: Eu que sou babaca?

E: De novo: tem alguma ideia melhor?

B: E como poderia saber se é melhor?

E: Alguma ideia?

B: Não.

E: Então cale a boca.

A: Vamos buscar algumas ali atrás da árvore.

E: Vamos.

B: ...

F: ...

F: Deixe essas aí e veja se tem outras ali.

B: Tá me dando ordens?

F: Se quiser ver desse modo...

B: Não, estou perguntando.

F: Não, não são ordens.

B: E o que são?

F: Como você é chato.

B: O que aqueles dois estão fazendo ali atrás?

F: Não sei, o que estão fazendo?

B: Se tocando...

F: Está com ciúmes?

B: Não.

F: Não estão se tocando, ele a está ajudando a subir na árvore.

B: Ah, é verdade.

F: Mas você tá difícil, hein?

B: Bem, deu, já juntei essas.

F: Bem, junte mais.

B: Mais?

F: Vai ajudar ou não?

B: Que idiotice.

A: Trouxemos isto.

F: Eba, um montão!

E: E estas...

F: Eba, deu, não precisamos de mais.

B: Eu trouxe estas.

F: Pronto, estamos prontos.

A: E agora?

F: ...

B: Não sabe! Não tem ideia!

F: Estou pensando...

B: Não sabe!

F: Se vocês não o acalmarem, eu vou dar um soco nele.

B: Ah é?

A: Não, eu vou te dar um soco. Você está muito chato.

B: E? Não posso ser chato? Vocês parecem hipnotizados com o plano fantasma desse mentiroso, que não tem plano nem nada: só quer nos ver cumprindo ordens idiotas e sem sentido por diversão, porque é um sádico e... ai!

F: Eu avisei.

B: Estão vendo o que eu disse? E agora vai bater em mim outra vez para se divertir com o sangue que jorra dos meus lábios. Ai!

A: Eu também avisei.

B: Vocês me machucaram...

E: Pobrezinho.

B: Tem pena de mim?

E: Não, estou debochando. Nunca vi dois socos tão merecidos.

B: Obrigado. E obrigado a você também. Estou mais calmo.

A: Está sendo irônico?

B: Não.

A: Então fico contente.

F: Eu também.

B: Não te agradeci.

F: Mas eu também te dei um soco...

B: Sim, mas seu soco foi diferente: você queria me bater, ele fez isso por mim.

F: Tá dizendo asneiras.

A: Então, o que fazemos agora? Ou você não tem um plano mesmo?

F: Tenho um plano, sim. Agora, precisamos colocar o que juntamos dentro dessas folhas gigantes, como se fossem sacolas. Precisamos armar quatro pacotes.

E: Vejamos... Tipo isso?

F: Não, mais assim...

E: Ah, beleza... Assim?

F: Não, não... Assim.

E: Vejamos... não consigo.

A: Deixa eu tentar... assim?

F: Não, assim.

B: Assim...

F: Isso, muito bem.

A: Armem os pacotes enquanto nós enchemos com isso.

B e F: Beleza.

A: ...

B: ...

F: ...

E: ...

A: Pronto. E agora?

F: Melhor tirarmos o barro.

B: Por quê?

F: Minha ideia funciona melhor sem barro.

E: Mas o barro foi ideia minha.

F: ...

A: Vamos tirar o barro.

E: Como?

A: Precisamos de água.

B: Não vi nada de água por aqui.

F: Tem que ter.

E: É necessário tirarmos o barro?

F: Sim.

A: Mas teríamos que fazer isso antes de o dia raiar.

F: Falta muito pra isso. De qualquer maneira, minha ideia pode ser executada de dia.

B: Tô começando a achar perigoso.

E: Eu também.

A: É perigoso?

F: Não tem perigo: minha ideia funciona bem de dia e de noite. Não há diferença.

A: Bem, vamos procurar água.

B: Onde?

A: Não sei.

B: Não tem água aqui.

F: Se tem barro, tem que ter água.

B: Mas pode ser da chuva.

F: Se tem chuva, tem que ter água.

A: Isso em nosso mundo. Neste, não sabemos.

F: Bem, vamos supor que sim.

B: É realmente necessário tirar o barro?

E: De qualquer forma ele já secou, sai assim, em casquinhas.

B: É verdade, cai sozinho.

F: Mas ficamos sujos. Prefiro que estejamos limpos.

E: E não podemos saber por quê...

F: Não.

A: Bom, vamos procurar água. Vamos pra lá.

B: Eu iria por ali.

A: Por quê?

B: Por causa daquelas nuvens.

A: Ah, pode ser...

E: Vamos por onde ele diz.

B: Quem? Eu?

E: Sim.

B: Ah.

F: Sim, vamos... Esperem... Estão ouvindo?

B: O quê?

A: Sim, é verdade, barulho de água!

B: Não escuto nada...

E: É verdade, sim!

F: Estão escutando?

A e E: Sim!

B: Eu não.

E: Sim, sim, escute com atenção. É pra lá.

B: Você não tinha dito pra irmos até lá, onde eu havia dito?

E: Mas eu ainda não tinha escutado isso.

F: Bem, vamos seguir o som.

B: Eu não tô escutando e acho melhor irmos por ali.

E: O que você está dizendo não faz sentido.

B: Ah, como você muda rápido de ideia!

E: Mas tem barulho de água vindo desse lado!

B: E o que tem a ver?

E: Não vou responder.

B: Ah, não? Um barulho que não dá para ouvir e que não sabemos o que é te leva a crer que a ideia que apoiava antes não faz sentido?

A: O que você está dizendo é burrice.

B: Ah! Agora estão todos contra mim!

E: Isso é ainda mais burrice.

B: Um complô!

F: Aff, que imbecil.

B: Que foi? Quer brigar?

F: Não, obrigado.

A: Ei! Dá pra se acalmar um pouco, por favor?

B: Quem?

A: Você.

B: Tá do lado dele também?

E: Mas que completo idiota.

B: Está me insultando!

E: Mas olhe as besteiras que você tá dizendo!

B: Não consigo acreditar que você mudou de ideia de uma hora pra outra.

E: Eu posso explicar: apareceu um barulho de água...

B: "Apareceu"?

F: Acho que sim.

A: Sim, antes não tinha. Até que o ruído aparecesse, sua ideia era a melhor.

F: De fato, é provável que tenha aparecido água onde antes não havia, daí o barulho. Sua ideia deixou de ser válida porque a situação mudou.

B: Estão armando contra mim...

A, E e F: Não.

B: ...

F: Vamos?

B: Tá bem, mas...

A: O quê?

B: Quero que todos se retratem pelos insultos. Principalmente ela. Se minha ideia era a melhor antes que surgisse essa nova fonte de água, então os insultos foram exagerados.

F: Não, porque burrice foi você não ter se adaptado à nova situação e, ao em vez disso, ter se agarrado a uma ideia obsoleta.

B: Mas eu não estava escutando o barulho.

A: E agora?

B: Agora, sim. De qualquer modo, os insultos foram exagerados.

A: Desculpa.

F: Desculpa.

B: E você?

E: Não vou me desculpar.

B: Logo você, que mais me insultou.

E: Por isso não vou me desculpar: se me desculpasse, estaria dizendo que tomei uma medida drástica de forma gratuita e ridícula. E assim o insulto se viraria contra mim. Iria levá-lo a pensar que eu estava errada, mas a verdade é que você agiu feito um idiota.

B: ...

A: Ela tem razão: retiro minhas desculpas.

F: Eu também.

B: E o que isso significa? Que sou tudo isso que vocês disseram?

A: Não, que você foi isso por alguns instantes.

B: Então quero que digam que deixei de ser.

E: Chega, você está voltando a merecer todos os insultos.

A: Ela tem razão.

B: Nossa, como ela é inteligente!

F: É verdade, além de muito linda é muito inteligente.

E: Tá bem, chega.

A: Mas é verdade: você é linda e inteligente.

B: E eu sou feio e burro.

F: A parte do feio foi você quem disse.

B: E não sou?

F: ...

A: ...

E: Não, não é feio.

B: Tá falando sério?

E: Sim.

A: Bem, com isso você deveria reconhecer: não me parece que você se importe com nossa opinião.

B: Não, a dela já é suficiente.

F: Mas que bobagem: você inventa um insulto que ninguém disse para que todos digam que você não é isso. Eu sou vesgo!

A: Não.

E: Não.

F: Ah, menos mal, obrigado.

B: Tá bem, chega.

A: A verdade é que tem uns arroubos de idiotice.

F: E agora tivemos três ou quatro em sequência.

B: Tá bcm, chega.

E: Sim, chega, não aguento mais.

B: Quem?

E: ...

F: Eu?

E: Não, ele.

A: Eu?!

E: Não, ele!

B: O que eu fiz?

E: Chega, chega!

A: Sim, chega.

B: Não, não, quero saber o que foi que eu fiz.

F: Esse cara é insuportável.

B: Ah, agora eu sou insuportável por causa do que ela disse.

E: E idiota também.

B: De novo os insultos?! Como vocês conseguem oscilar assim de opinião, tão rapidamente?

A: Acho que eles oscilam conforme sua idiotice oscila.

B: Na verdade, não acho que eu seja idiota.

F: Bem, *ser,* sei lá.

B: O que você quer dizer?

A: Por que não vamos buscar água, que é melhor?

B: E isso é tão importante assim? Se nem sequer sabemos para que precisamos nos lavar.

F: De novo isso?!

B: Desculpa, mas...

E: Não dá pra acreditar que você esteja sendo tão idiota.

B: Não quero mais que você me insulte.

E: Então é melhor ficar calado.

B: Você está se vingando.

E: Do quê?

B: Não vou dizer.

E: Do quê? O que está insinuando?

B: Ai! Doeu!

E: ...

B: Me insulta, me bate...

F: Acho que você foi conquistando isso aos poucos...

A: Já deu, né? Se acalmou?

E: Eu?

A: Não, ele.

B: Eu? Eu?!

F: Vamos procurar água.

B: Não, esperem... Ai!

A: Vamos.

B: Está bem...

E: Não tô mais escutando o barulho...

A: ...

F: ...

B: ...

A: É verdade.

B: Viram só!

A: Cale-se.

F: De qualquer modo, vinha de lá. Talvez não dê mais para escutar por causa do vento.

B: Se nem vento tem.

F: Bem, mas talvez lá tenha...

B: Não tem água!

A: Vamos lá dar uma olhada.

B: Mas se não tem barulho... Vamos pra onde eu disse...

A: Não, dali ao menos veio o barulho de água em algum momento. Você só apontou uma direção aleatória.

B: Vocês vão ver que eu tenho razão. Esse barulho foi pra nos despistar.

F: Bem, logo saberemos.

E: Não tem mais barulho, era pra ser ali, mas não escuto nada.

A: Não, nada.

F: Vamos mais um pouco.

B: ...

A: ...

E: ...

F: ...

B: Bem, agora vamos pro outro lado.

A: Como você tem tanta certeza?

B: É uma intuição.

A: Ah, como as dele.

F: Acho que não.

B: Sim, sim, devem ser iguais às suas.

F: Como você sabe?

B: E você? Como sabe que não são iguais?

F: É pouco provável.

B: Ah, a lógica! Eu, por outro lado, intuo que nossas intuições são do mesmo tipo.

A e E: Hahaha.

F: Que bobagem.

E: Mas você não tem como contestar isso.

F: Acho que não.

B: Estou escutando o barulho da minha água...

A: Eu não escuto nada.

E: Nem eu.

F: Hmmm...

B: Está escutando?

F: Não, não.

B: Vamos continuar um pouco mais.

F: Estou cansado!

B: Não foi você quem pediu para tirarmos o barro com água? Estou tentando ajudar.

F: Sim, sim.

A: Agora sim, estou escutando.

F: Ah é?

A: Não, não...

B: Vamos ver, por aqui, atrás dessas árvores...

E: Eu te ajudo...

F: Cuidado...

B: Estão escutando?

A, E e F: Não.

E: Tem muito mato.

B: Dá pra passar por aqui... Venham.

A: E aí? Tá vendo alguma coisa?

B: Deixa eu ver... Sim! Tá aqui!

A: Onde?

F: É uma pocinha!

B: É água!

A: É isso que você estava escutando?

B: Sim.

F: Bem, vamos nos limpar e voltar.

A: Tá bem.

B: Que maravilha, encontrei.

F: Foi sorte.

B: Sorte? Não tem poça em lugar nenhum. Eu sabia que a água estava aqui.

A: Tá bem.

E: Ficou um pouco de barro aí.

F: Aqui?

E: Sim, deu.

B: E eu?

A: Já saiu tudo. E eu?

E: Também. E eu?

F: Tá perfeito.

B: E agora?

F: Vamos buscar os pacotes que nós preparamos.

B: Pra quê?

A: Não incomode.

B: Mas eu encontrei a água, tenho certo direito a... ai!

A: Chega.

B: ...

A: E esse barulho?

B: Que barulho?

E: Sim, barulho de água. Por aqui.

B: Não é barulho de água. Além disso, não precisamos mais.

F: Não, mas vamos ver.

A: Por aqui.

E: Isso.

B: Não vale a pena, deve ser um barulho falso.

E: Uau!

A e F: Uau!

B: Ah, uma cachoeira...

A: É incrível.

E: Divina.

B: Não precisamos dela.

E: E o que tem a ver?

B: Precisávamos para nos limpar. Já deu, já fizemos isso. Não estamos procurando cachoeiras.

E: E só por isso não podemos curtir uma cachoeira?

B: Não me interesso por cachoeiras e não as acho bonitas.

A: Sério?

B: Sim, sim. Prefiro a poça.

A: Porque foi você quem encontrou...

B: Não, pelo contrário: eu encontrei a poça, e não a cascata, porque a poça me interessava mais.

E: Que ridículo.

B: Não acho: a poça era exatamente o que precisávamos para nos limparmos. Essa cascata nos desvia de nossos objetivos.

A: Hmmm...

B: O quê? E aquela história de que a desconcentração era a Morte e a liberdade era a concentração?

A: Sim, mas...

F: Ele tem razão.

B: Quem?

F: Você.

B: Obrigado.

F: Não me agradeça.

B: Tá bem.

A: Sim, é verdade, é uma proposta de desconcentração.

E: O que deu em vocês? Temos uma cachoeira linda, que poderíamos curtir durante horas, e vocês acham que a Morte está propondo a desconcentração?

B: A Morte.

E: Bem, a Morte, pior ainda.

F: Mas essa cachoeira não é o que queríamos. Ela nos impõe sua beleza, e assim nos distrai. Ou por acaso tudo o que é belo tem o direito de dominar nossa vontade?

A: Hmmm... Mas, ao mesmo tempo, ao nos impor sua beleza, nos dá algo a mais...

B: O quê?

E: Como o quê? Sua beleza.

F: E depois?

A: Não há dúvidas que no fim desconcentra, desvia.

E: Do quê?

A: Do que queremos fazer.

E: E se não soubermos o que queremos fazer?

A: Ah, aí é outra situação.

B: Sim, outra.

E: Qual?

A: E o que importa? Nós sabemos.

E: Sabemos? Nós? Ele diz saber.

F: E sei.

A: E nós queremos fazer o que ele quer fazer. Não é tão complicado...

E: É sério? Você quer evitar que uma cachoeira bonita

te desconcentre do que quer fazer, mas o que quer fazer é o que outro quer fazer com você. Como é possível se concentrar no que outra pessoa quer fazer com você? Você é uma marionete, marionetes não se concentram.

A: Sim, tá bem, mas estamos agindo em grupo e...

E: Eu vou entrar na água.

B: Por quê?

E: Porque sim! E vou me concentrar nisso, em curtir a cachoeira, que é o que eu quero.

B: É a Morte.

E: Haha! Então vou entrar na Morte.

F: Você entrar na cascata não interfere no meu plano.

A: Mas ela se concentrar nisso, sim.

F: Pode ser...

B: Vamos fazer o que temos que fazer, vamos.

E: Não! Vamos fazer o que *queremos* fazer!

B: Precisamos votar!

E: Não!

A: Mas somos um grupo!

E: Não somos mais! Tô fora!

B: Ela vai embora...

F: Deixa.

B: Não... Ei, volte!

E: Não! Podem ir! Tchau!

F: Tudo bem, não precisamos dela. Se quer fazer isso, pode fazer. Quem quiser pode ir com ela.

A: Não, vamos.

B: ...

F: E você? Vai com ela?

B: ...

A: ...?

B: Não, vamos...

A: Vamos.

B: Ela vai ficar sozinha? O que vai fazer?

F: Ela disse que quer fazer isso, deixa.

A: Vamos lá.

B: Tá bem.

A: O problema é ela ser tão bonita.

B: Sim, dá vontade de estar sempre ao lado dela.

F: Logo aparece outra.

B: Você acha?

F: E por que não?

A: É verdade, pode acontecer.

B: Tomara.

A: Onde estávamos antes mesmo?

F: Acho que por aqui.

A: E a partida dela não estraga seu plano?

F: Não, não estraga, mas é uma pena que tenha ido.

A: Ali estão os pacotes.

B: O que fazemos agora?

F: Cada um pega um pacote.

B: Vai sobrar o dela.

F: Sim, claro, vamos deixá-lo aqui.

B: Pode ser útil mais tarde.

F: Não.

B: Então é melhor desmontá-lo.

F: Pra quê?

B: Não sei.

F: Tanto faz, se quiser pode desmontar.

B: Não, tudo bem, deixe aí.

A: E agora?

F: Vamos para a porta principal.

A: E o que fazemos lá?

F: Deixem comigo.

A: Você quer que a gente caminhe até a porta principal com esses pacotes enormes sem sabermos o que vamos fazer?

F: Sim.

A: Tá pedindo muito.

F: Já disse: se explicar o plano pra vocês, não vai funcionar.

B: Tá, vamos.

A: Tá falando sério mesmo?

B: Sim, se não, vamos fazer o quê?

A: Você tem um plano mesmo?

F: Sim, e é infalível.

B: Você acha que vamos conseguir passar se formos caminhando até lá com esses pacotes?

F: Por aí.

A: Não vejo como.

F: Não posso explicar.

A: Mas ao menos você sabe como isso vai funcionar?

F: Digamos que sim. Intuo como isso vai funcionar, mas não tenho dúvidas de que vamos passar. Se alguém ficar para trás, serei eu: vocês passam com certeza.

B: Vai se arriscar por nós?

F: Não, me arrisco por mim.

A: Tá bem, vamos.

B: Não preferem esperar para o caso de ela voltar?

F: Não vai voltar.

B: Como você sabe?

F: E... o que poderia tirá-la daquela cachoeira?

A: Vamos.

B: Segurando o pacote desse jeito não vejo bem o que há na minha frente.

F: Essa é a ideia. Se alguém disser alguma coisa, continuem caminhando.

A: Tá bem.

B: Vamos.

F: Quando eu gritar "corram", joguem os pacotes pra cima de tal maneira que se esvaziem no ar e corram para a frente.

A e B: Tá bem, vamos.

B: Parece que agora não tem ninguém na porta.

F: Mas suponho que deva ter alguém lá dentro.

A: Não, é verdade, não parece ter ninguém.

F: Bem, logo veremos.

B: Acho que devíamos nos esconder e espreitar ao lado da porta em vez de entrarmos direto assim.

F: Quanto menos nos escondermos, menos vão nos ver.

A: ...

B: ...

F: ...

A: Estamos chegando perto.

B: E ninguém saiu.

F: Fiquem calmos...

B: Aí vem um!

F: Caminhem com calma.

A: E outro! E mais outro!

B: Estamos perdidos...

F: Não.

A: O que vamos fazer?

F: Eu já disse.

B: São muitos, continuam saindo.

F: Não tem problema, era parte do plano.

A: Estão se aproximando.

F: Perfeito.

B: Estou com medo.

A: Eu também.

F: Eu também.

A e B: O quê?

F: Sim, mas não tem problema.

A e B: Como assim não tem problema?

F: Nada. É como se entrássemos em uma jaula com um tigre sem dentes, unhas ou fome: sabemos que o tigre não vai fazer nada, mas sentimos medo mesmo assim.

B: Hmmm...

A: Claro, o medo não é racional. Pouco importa sabermos que não há perigo.

F: Claro.

B: São muitos mesmo. Estão se aproximando.

F: Preparem-se para jogar os pacotes no ar e correr.

A e B: Sim.

B: Estão nos dizendo alguma coisa.

F: Não prestem atenção. Façam de conta que não existem.

B: Que não existe quem?

F: ...

A: Agora?

F: Não, esperem eles nos cercarem. Temos que chegar perto da porta.

B: Eles não vão deixar.

F: Vão deixar, sim. Ao menos vocês dois, tenho certeza.

A: E você?

F: Logo saberemos. Por enquanto, só quero que o plano funcione.

B: Já estamos *muito* cercados.

A: Não vamos responder nada?

F: Não, eles não existem.

B: Quem?

F: ...

B: E se me agarrarem?

F: Pouco antes de te agarrarem eu vou gritar.

A: Mas...

B: Não tá dando certo.

A: Não.

B: Ai...

F: Corram!

A: ...

B: ...

A: ...

B: ...

A: ...

B: Não enxergo nada. Eles estão nos seguindo?

A: Também não enxergo nada. Vamos continuar a correr.

B: Ficamos só nós dois?

A: Acho que sim.

B: E ele?

A: Não sei.

B: O que os pacotes fizeram?

A: Não sei, deixaram tudo nublado, não vejo nada.

B: Nem eu. Até quando vamos correr?

A: Até cansarmos.

B: Já estou cansado.

A: Não, vamos correr um pouco mais.

B: Não tô entendendo nada.

A: Nem eu.

B: Onde estamos?

A: Imagino que do outro lado do edifício.

B: Ah é?

A: Ã... Atravessamos a porta principal e ainda estamos correndo.

B: É mesmo? O plano deu certo?

A: Parece que sim, mas não sei se para ele também.

B: Acho que pegaram ele.

A: ...

B: ...

A: Vamos continuar correndo um pouco mais.

B: Estou muito cansado.

A: Estou começando a enxergar um pouco outra vez.

B: Eu também, mas apenas sombras. Acho que aquilo que jogamos pra cima fez alguma coisa com os nossos olhos.

A: Não, não, foi outra coisa. Não estamos enxergando, mas não porque nossos olhos não possam ver.

B: É verdade, estou enxergando minha mão. E vejo você!

A: Sim, claro!

B: Ah. Não tinha me dado conta. Como é possível?

A: Que não tenha se dado conta?

B: Não, que não possamos ver nada ao nosso redor.

A: Mas aos poucos...

B: ... começa-se a ver...

A: ... como as sombras...

B: ... dão lugar à luz, e o sol...

A: ... que não é sol, mas algo parecido...

B: ... nos leva com seus raios até uma árvore...

A: ... frutífera...

B: ... em que poderíamos nos sentar...

A: ... para descansar nossas pernas...

B: ... e nossos pensamentos...

A: ... e é o que fazemos...

B: ... ainda temendo...

A: ... estarmos fazendo algo de errado.

B: Aaahh!

B: Ufff! Que cansaço!

B: Nunca corri tanto!

A: Eu sim, uma vez.

B: Ah é?

A: Sim, em uma maratona organizada pela empresa em que eu trabalhava.

B: Você trabalhava em uma empresa?

A: Acho que sim, por quê?

B: Nada não. De quê?

A: *De que* o quê?

B: A empresa, era de quê?

A: Não entendi a pergunta.

B: A empresa...

A: Ah... Não me lembro.

B: Sério?

A: Sim, não me lembro. E o estranho é que não acho estranho não lembrar.

B: Também não acho estranho que você não se lembre. Que estranho. Tem mais alguma coisa que você não se lembra?

A: Bem, não sei. Não consigo pensar em coisas que não me lembro. Agora já não tenho certeza de ter trabalhado em uma empresa.

B: Você lembra do nome?

A: Mais ou menos, não tá vindo.

B: E de sua família?

A: Ã́ã́ã... Quase nada.

B: Tô na mesma.

A: Pouco importa.

B: Sim, pouco importa.

A: ...

B: Já dá pra enxergar alguma coisa.

A: Sim, mas não dá pra entender. Que lugar é esse?

B: Talvez a gente não tenha saído do edifício...

A: Não, não, saímos sim.

B: Como você sabe?

A: Corremos muito.

B: Mas o edifício pode ter quilômetros de largura. Só conseguíamos ver a fachada.

A: Acho que não.

B: Nem eu.

A: Ah, ali tem outra árvore!

B: Ah, e debaixo dela tem grama!

A: E uma fonte natural!

B: Água corrente!

A e B: Estamos salvos!

A: ...

B: ...

A: Isso soou estranho.

B: Sim.

A: Por que estamos de cueca?

B: Não tínhamos colocado?

A: Acho que não...

B: Que estranho... Vou tirar.

A: Sim, eu também.

B: Lá vêm duas pessoas!

A: Garotas?

B: Não, não parecem ser.

A: Não, parece mais o contrário.

B: O contrário?

A: Bem, por aí. Um é muito grandalhão. E peludo.

B: E o outro muito magrinho... Está puxando o outro por uma corda?

A: É o que parece.

B: O soltou!

A: E o magrinho saiu correndo!

B: O peludo tá vindo pra cá?

A: Arrã.

H: Olá!

A e B: Olá.

H: Quem são vocês?

A: Não grite, estamos ouvindo bem.

H: Eu grito o quanto quiser!

B: Tá bem, tá bem.

H: E grito mais! Aaaaaahhhh! AAAAAAHHHH!

A: Já entendemos.

H: Quem são vocês?

A: Não sabemos muito bem.

H: Como não sabem?!

B: Nos esquecemos.

H: Estão de sacanagem?!

A: Não, não. E você, quem é?

H: Haha! E quem se importa?

B: É, pois é.

A: Ei! Solte o meu braço!

B: Solte-o!

H: Se quiser eu solto, e se não quiser, não solto!! Agora eu quero! Haha!

A: Obrigado.

H: Eu quis!

A: Que sorte.

B: Não seja irônico.

H: O quê?!

A: Não, nada. Ai!

B: Por que bateu nele? Ai!

H: Bato por via das dúvidas! Ponham essa corda no pescoço!

A: O quê?

H: Não me entenderam?

B: Sim, mas pra quê?

H: Para ficarem amarrados!

A: Pra quê?

H: Por via das dúvidas! Hahaha!

A: Não entendi.

H: Porque não há nada para entender!

B: Não vamos pôr a corda.

A: Não.

H: Então eu ponho em vocês!

A: Ai!

B: Ai!

H: Pronto! Haha!

B: Espere, não puxe!

H: Então andem!

A: Ai, meu pescoço, estou sufocando!

B: Vai devagar!

H: Andem!

A: O que vai fazer conosco?

H: Nada!

B: Nada?

H: Nada! Caminhar!

A: Pra quê?

H: Pra nada!! Hahaha!

B: Não consigo acreditar nisso.

A: Nem eu.

B: Um selvagem que nos leva amarrados pelo pescoço, como cães...

A: ... sem nenhum objetivo...

B: ... só porque lhe deu vontade de fazer isso...

A: ... da vida.

B: E até quando vai nos levar assim?

H: Até me cansar!

A: E quando vai se cansar?

H: Quando encontrar outro!

B: Vai nos soltar quando encontrar outro?

H: Se gostar mais desse outro do que de vocês, sim! Hahaha!

A: Sempre anda com alguém amarrado?

H: Sempre! Haha!

B: Por quê?

H: Porque eu gosto!

A: E você soltou aquele agora há pouco porque gostou mais de nós?

H: Sim! Haha! Fazia muito tempo que eu não andava com dois ao mesmo tempo! Uma vez andei com quatro! Hahaha!

B: Incrível...

H: Hahaha! HAHAHAHA!

A: Ai!

H: Andem!

B: Onde estamos?

H: Quem se importa!

A: Mas você sabe onde estamos?

H: Óbvio!

B: Onde?

H: Aqui! Hahaha!

A: Meu deus...

B: Não consigo acreditar...

A: Nunca vi alguém tão bruto.

H: SOU BRUTO! HAHAHA!

B: Já percebemos.

H: MUITO BRUTO!

A: Sim, sim. Aaai! Não puxe!

H: SOU BRUTO! PUXO A CORDA!

A e B: Aaai! Pare!

B: É inacreditável que tenhamos acabado desse jeito.

A: Sim, mas...

B: O quê?

A: Por algum motivo, não fico tão impressionado...

H: Andem! Haha!

B: Não fica impressionado?

A: Não... E como lembro pouco da minha vida anterior...

B: Sinto alguma coisa parecida, sim... De certa forma, é razoável que estejamos nesta situação.

A: Sim, e por que não?

B: E, pensando agora, ela está na cachoeira...

A: Nem me fale.

B: De qualquer modo, não me arrependo.

A: Não, nem eu. Ai! Pare!

H: Sou bruto!

B: Ela está na cachoeira, e ele...

A: O quê?

B: Não sei, agora me passou pela cabeça que seu plano pode ter sido um golpe para se livrar de nós e voltar para a cachoeira com ela. Imagino os dois, nus, na cachoeira, que talvez fosse o lugar que precisávamos ir de fato...

A: Que pensamentos tristes...

H: Vamos! Não durmam!

B: O que você quer de nós?

H: Hahaha! Nada! Tudo! Haha!

A: Não tô entendendo...

H: Nem eu! Hahaha!

B: Nós poderíamos ajudá-lo.

H: Não preciso de nada!

A: E não precisa de tudo?

H: Preciso de tudo! TUDO!

A: E o que seria isso?

H: Quem se importa! Haha!

B: Nós, pois, queremos te ajudar.

H: Andem! Hahaha!

A e B: Ai! Pare!

H: Hahaha! Ninguém me entende!

A: Eu acho que entendo...

A e B: Ai, não puxe!

H: Hahaha! Sou incompreensível!

A: Eu te entendo, entendo o que você quer...

A e B: Ai!

A: ... que você quer o...

A e B: Ai, ai!

A: ... o par ideal.

H: O quê?!

A: É evidente, você quer...

B: ... um par...

A: ... que permaneça atado...

A e B: Ai!

B: ... com prazer, e que sinta...

A: ... que sinta que o lugar que você lhe dá...

B: ... é o melhor lugar onde poderia estar.

H: Quê?! Eu?!

A e B: Aiii!

B: Nós poderíamos ajudá-lo a encontrar esse par...

H: Ninguém me ajuda porque ninguém me entende! Hahaha!

A: Você sabe que em algum momento...

B: ... em algum momento vai se cansar...

A: ... vai se cansar de nós...

B: ... e vai pôr gente nova na corda.

H: Sim! Já me cansei de vocês! Haha! Mas não vou soltá-los!

A: Mas quando encontrar o par ideal, vai nos soltar, e finalmente será feliz...

B: Seu par ideal será aquele que se atar sozinho, por vontade própria.

H: Nunca aconteceu isso! É sempre à força! Hahaha! Hahaha!

A: No entanto, você quis que nós mesmos nos atássemos...

B: ... e nos recusamos, e você nos atou.

H: Eu sempre tento! Hahaha!

A:...

B: ...

H: ...

A: ...

B: Vejam! Vem alguém aí!

A: É verdade! Te interessa?

H: Não! Vou ficar com vocês, que são dois! Hahaha!

A: Mas se encontrar seu par ideal, nos solta?

H: Hahaha! Tá bem!

A e B: Ei! Olá!

I: Olá. Precisam de ajuda?

A: Não, estamos aqui passeando com nosso amigo.

I: Presos pelo pescoço, amarrados?

H: Sim! Hahaha! Somos amigos!

I: Bom, cada um faz o que bem entender.

A: E você, faz o quê?

I: Nada.

B: Nada?

I: Caminho. Tanto faz.

A: Como tanto faz?

I: Ué, não é verdade que tanto faz?

A: Não, de modo algum. Cada coisa que fazemos é diferente e gera coisas diferentes.

B: E cada coisa que não fazemos também é diferente e gera coisas diferentes.

I: Nunca vejo a diferença.

A e B: Ai!

H: Hahaha! Essa é a diferença!

A e B: Haha. Não achou engraçado?

I: Sim, sei lá.

A: Sim ou não?

I: Não sei, pode ser.

B: Como não sabe?

I: Acho que tanto faz.

A: Ah é?

I: Sim, acho que sim.

B: Está triste?

I: Não... Não sei. Um pouco.

B: Faz muito tempo?

I: Muito tempo? Não, não estou triste, ou sempre estou.

A: E o que você gostaria de fazer?

I: Nada... Não sei. Vocês não se entediam?

A e B: Nós? Não!

I: É sério?

A: Claro. Agora, por exemplo, estamos amarrados, mas antes estávamos soltos.

B: As mudanças nos estimulam.

I: Ah.

A: Quer experimentar?

I: O quê?

A: Ficar amarrado...

I: Ah, não.

B: Não? Mesmo?

I: Não sei, não. Pra quê?

A: Ué, pra ver se você gosta, por exemplo.

I: Ah. Não, não sei. Ou sim.

B: Sim?

I: Se vocês quiserem... Pode ser?

B: É uma mudança...

I: Claro.

A: Quer experimentar?

I: Não sei.

B: Vamos...

A: ...

B: ...

I: Tá bem, se vocês quiserem...

A: Você pode nos soltar para lhe entregarmos a corda, que ele mesmo vai pôr?

H: Sim...

A: Obrigado. Pegue.

I: Vejamos... Assim?

A: Sim, assim. Você pode ajustá-la.

H: Tá bem!

I: Ai!

H: Haha!

A e B: Tudo bem?

I: Sim, sim. Não sei.

A: Mas quer se soltar?

I: Não sei. Não, se não tiver problema para vocês, eu tô bem assim.

B: Que bom!

A: Haha! Que bom! Bom, tchau, até logo. Torço para que formem um bom par!

I: Tchau, ai!

H: Hahaha! TCHAU!

B: ...

A: ...

B: Lá vão eles...

A: Parecem estar bem.

B: Sim, talvez fiquem juntos por muito tempo, né?

A: Acho que não.

B: Por quê?

A: Ah... o sujeito que deixamos com o bruto é muito triste.

B: Isso não tem nada a ver.

A: Não, claro que não.

B: Como *claro que não*? Você acabou de dizer que tinha a ver, que por isso não ficariam juntos por muito tempo.

A: Vai começar de novo? Eu não disse isso. Eu disse que achava que não ficariam juntos, e depois arrisquei a possibilidade de que a razão para tanto fosse o fato de que o triste é muito triste.

B: E?

A: E depois aceitei que, provavelmente, como você disse, essa tristeza não fosse o motivo da curta duração que previ para a dupla.

B: Hmmm...

A: *Hmmm* o quê?

B: Ah... se você arriscou desse jeito, quase sem ter ideia, significa que sua previsão se baseia na intuição.

A: E?

B: Não faz seu estilo.

A: *Não faz meu estilo*... Pode ser. De qualquer modo, não saber a causa exata não significa que a previsão do resultado seja intuitiva, no sentido de ser irracional.

B: Ah não?

A: Não, não, de modo algum. Pode ser uma conclusão racional.

B: Sem conhecer as causas? Haha.

A: Qual é a graça? Em qualquer argumento racional, se alguém começa a reconstituir as causas, e as causas das causas, sempre chegará a uma instância desconhecida ou intuitiva.

B: Está bem, sim. Mas no exemplo que você fala, ao menos parece que há uma causa, ou várias. Em seu caso, não há nenhuma, é uma conclusão que surge do nada.

A: Do nada? Que nada?

B: Do nada, do desconhecido.

A: O desconhecido é o nada? Hahaha. Esse é o pensamento racionalista mais besta que escutei na minha vida: se você não conhece, não existe.

B: Bem, pode ser besta, mas ao mesmo tempo não é nada besta: só existe aquilo que conhecemos; à medida que vamos conhecendo, vamos fazendo as coisas aparecerem.

A: É um argumento muito antigo e chato, não tenho vontade de discutir.

B: Assim, de modo abstrato, não, claro, mas eu estava pensando numa coisa.

A: No quê?

B: Que a nossa situação atual pode ser descrita muito precisamente com esse argumento que acabo de enunciar.

A: Não vejo como.

B: Ah, é nada mais que uma intuição, mas veja bem: você

poderia afirmar que o bruto com quem cruzamos existia antes de o encontrarmos?

A: Sim, claro.

B: Claro, é possível afirmar qualquer coisa. Mas sejamos sinceros, você não desconfia do que está dizendo quando diz?

A: Um pouco, pode ser, sim.

B: Tá vendo? No mundo de onde viemos, isso não acontecia. O que gerava desconfiança era o argumento contrário, porque era difícil conhecer sem pensar que o conhecido já tinha uma vida anterior. Mas agora...

A: É porque este mundo é estranho. Tudo o que é estranho parece ter sido inventado do nada. Mas, voltando ao que discuti com você antes, o nada não é o desconhecido. O estranho vem do desconhecido, que se manteve desconhecido porque é estranho e sempre terá a tonalidade do desconhecido, porque não encaixa de todo.

B: Hmmmm... E a nudez repentina? E aquilo de imaginar coisas que depois aconteciam? E a água que começou a fazer barulho de repente?

A: Isso é mais estranho. Mas, justamente, é muito estranho.

B: Você acha que tem uma explicação?

A: Não, não, isso não tem nada a ver.

B: E o que você acha?

A: Acho que nós não inventamos este lugar, que tampouco foi feito para nós. Este lugar existe e é assim. É um lugar onde todo o estranho é real.

B: E o real é estranho.

A: Não sei. Ou sim, pode ser.

B: Então o que não é estranho não existe.

A: Em certo sentido... O que você acha?

B: Acho que é possível, mas tem uma coisa que não fecha.

A: O quê?

B: Não sei. Nosso raciocínio se enviesou em algum momento.

A: Bem, pode ser. Mas raciocínios não são equações. Em uma equação, se erramos uma etapa, o resultado não fecha. Em um raciocínio, podemos nos enganar e, assim, chegar a um resultado mais verdadeiro.

B: Não sabia que você pensava assim.

A: Nem eu.

B: Ah.

A: Sim.

B: Para o triste, nada é estranho.

A: Deve ser esse o seu problema: não vê a estranheza do estranho.

J: Desculpa, estava passando aqui e escutei suas interessantes ponderações...

B: O quê? Olá.

A: Passava por onde?

J: Ah, por aqui mesmo. Mas vocês estavam muito concentrados em sua discussão; *ergo*, não me escutaram.

B: *Ergo?*

A: Não deboche.

B: Não sei o que é isso. Ou sei, mas não entendo por que diz isso.

J: Perdão, o que você disse? Sou meio surdo.

A: Meio surdo? E como nos ouviu antes?

J: Ah, sou intermitentemente surdo.

A e B: Ah.

A: Isso sim é estranho.

B: E está aqui, não é?

J: Perdão, o que vocês disseram?

A: Não, nada.

B: Bobagens.

J: As bobagens são a fonte do conhecimento.

A: Ah, sim...

B: Claro...

J: Quando digo uma bobagem, procuro em seguida a sabedoria. *Ergo*, encontro.

A: O senhor acha que só a encontra porque a procura?

J: Hehe. Não, mas sim, de certo modo.

B: Mas para o senhor tanto faz? Além disso, o que quer dizer com essa história de *ergo*?

J: Perdão, não escutei.

B: Não tem importância.

J: Algum problema?

A: Não, nenhum.

J: *Ergo*, há muitos. Hehe.

A: Tá...

B: Não acho graça. Quero que ele pare de dizer *ergo*.

A: Por que você se incomoda?

B: Não sei, me irrita.

J: Perdão, disseram algo?

B: Sim, claro.

J: Algum problema?

A: Não.

B: Sim.

J: Ah, que interessante. Se há um problema para um e não para o outro, então entramos no terreno da psicologia; *ergo,* vamos nos deprimir.

B: O que tem uma coisa a ver com a outra? Você acha que, ao dizer *ergo*, valida qualquer coisa?

A: Se acalme.

J: Perdão, não escutei, o senhor me pareceu irritado. *Ergo,* está incomodado consigo mesmo.

B: Eu vou matá-lo.

A: Ei, pare com isso.

B: Não o aguento.

A: Só tá falando, não te fez nada.

B: Está me provocando.

J: Disseram alguma coisa? Só escutei "eu vou... ele", e parece que se referiam a mim. *Ergo*, me alegro.

B: Se alegra com o quê?

J: Com o fato de pensarem em mim.

A: Se for bom ou ruim, tanto faz?

J: Sempre é bom; *ergo*, ruim é não falar.

B: Está dizendo qualquer coisa. É um imbecil.

J: Não sou um imbecil; *ergo*, você é.

A: Hahaha! Te escutou!

B: Vamos embora.

A: Está bem. Estamos indo, cavalheiro.

J: Poderia caminhar com os senhores por um trecho?

B: Não.

J: Certamente não sabem para onde ir neste espaço sem limites e referências.

A: O senhor sabe?

J: Eu disse que os senhores não sabem; *ergo,* eu sei.

B: O que uma coisa tem a ver com a outra?

J: Perdão, não escutei.

B: Não aguento mais.

A: Repita o que você disse.

B: Bem, eu disse: "o que uma coisa tem a ver com a outra?".

J: Ah. Nada; *ergo*, tudo.

A: Sabe ou não?

J: Claro...

B: *Ergo* o quê?

J: *Ergo* nada, não tem *ergo*.

B: Tá tirando sarro com a minha cara?

J: Não; *ergo,* sim.

A: Tá bem, já entendemos. E entendo que o senhor está dizendo que poderia nos dizer aonde ir em troca de o aceitarmos como companhia.

J: Não! Quem iria querer sua companhia?!

A: Mas antes o senhor disse que queria nos acompanhar.

J: Antes; *ergo*, agora não.

B: E então?

J: Não escutei, perdão.

A: E então?

J: Ah, o senhor deveria ir pra lá e o senhor, pra lá.

A e B: O quê? Por que devemos nos separar?

J: Porque há apenas um caminho; *ergo*, cada um tem o seu.

B: E se formos juntos, o que acontecerá?

J: Perdão, não escutei.

A: O que acontecerá se andarmos juntos?

J: Não grite. Se andarem juntos não acontecerá nada; *ergo*, acontecerá tudo.

B: E o que seriam esse tudo e esse nada?

J: Não escutei.

A: E o que seriam esse tudo e esse nada?

J: Isto: não aconteceria nada, porque continuariam caminhando indefinidamente, encontrando-se com personagens como eu indefinidamente. *Ergo*, tudo.

B: Por que *ergo tudo*? Não entendi.

J: Perdão, não escutei.

B: Claro que não. Diga você.

A: Por que *ergo tudo?* Não entendemos.

J: Porque é tudo em relação ao que perdem ao não caminharem separados.

A: O que perdemos?

J: Tudo.

B: Ou seja, não estamos indo a lugar algum?

J: ...

B: Não me escutou...

J: Não.

A: O senhor disse que estamos indo a algum lugar?

J: Estão, sim!

A: Aonde?

J: Não sabem?

A e B: Não...

J: Hahaha... Me escutem, sigam os caminhos que indiquei. Se não, o infinito, *ergo* o nada. Adeus.

A: Foi embora.

B: Aonde?

A: Perdão, não escutei.

B: ...

A: Não sei aonde foi.

B: Desapareceu.

A: Não, ali está ele...

B: Ah, sim. Anda a passos largos.

A: Sim.

B: Não o aguentava mais.

A: No entanto, queria nos ajudar.

B: Nos separar...

A: Mas acho que ele não estava mentindo.

B: Tá querendo andar sozinho...

A: Não, não.

B: Sim.

A: Sim, mas para minha tristeza.

B: Pois é...

A: Sim. Mas acho que precisamos seguir nossos caminhos.

B: De qualquer forma, as direções que ele nos indicou são quase idênticas.

A: Sim, o ângulo entre as duas direções é mínimo, vamos nos separar muito aos poucos.

B: Bem, vamos, me dê um abraço.

A: Não chore...

B: Você também não!

A: Talvez nos encontremos do outro lado.

B: Sim. Qual lado?

A: Não sei, em algum lugar.

B: Bem, eu vou por ali, né?

A: Sim. Eu vou pra lá.

B: Podemos continuar falando até não nos escutarmos.

A: Sim, claro.

B: ...

A: ...

B: Nos separamos... aos poucos...

A: Sim... Não tá sentindo um negócio estranho?

B: Nas pernas?

A: Sim.

B: Sim.

A: O que é?

B: Não sei, é uma espécie de formigamento.

A: Não, não é um formigamento.

B: Como você sabe?

A: Bem, o meu não é um formigamento.

B: Não, o meu também não.

A: ...

B: ...

A: ...

B: Já estamos mais separados.

B: Sim, logo serão alguns metros.

B: Mas é devagar, né?

A: Sim.

B: ...

A: ...

B: Me sinto leve.

A: É isso, né?

B: Sim.

A: Estamos perdendo gravidade.

B: Pode ser. Isso é um bom sinal?

A: Não sei. É agradável.

B: Sim.

A: Fizemos bem em não ficar na cachoeira.

B: Você acha?

A: Acho que sim.

B: Ela deve estar lá tomando banho, nua. Talvez com ele.

A: Tem um pouco de neblina, né?

B: Sim.

A: E adiante tem mais neblina.

B: Sim. O que é essa neblina? Não tô entendendo.

A: O que você quer entender?

B: Não sei. Agora vejo você meio apagado.

A: Sim, sim.

B: Está ficando muito espessa, não gosto disso.

A: Nem eu. Embora, ao mesmo tempo, nos envolva de uma forma...

B: ... agradável, e não é...

A: ... escura, mas antes...

B: ... luminosa e maternal.

A: Não consigo mais te ver.

B: Não, não dá mais. Mas ainda podemos falar.

A: Arrã.

B: ...

A: ...

B: ...

A: ...

B: Me sinto mais leve do que antes.

A: Sim, agora é uma sensação claramente agradável.

B: O quê?

A: É uma sensação claramente agradável!

B: Ah, sim! Uma sensação de agilidade!

A: Sim! Que é claramente um bom sinal!

B: Sim.

A: O quê?

B: Sim!

A: ...

B: ...

A: ...

B: Tá me escutando?!

A: Um pouco!

B: Tô chegando em algum lugar!

A: Ah é?

B: ...

A: Eu também!

B: Não tô entendendo nada!

A: Nem eu!

B: Parece ser um lugar...

A: ... que...

A e B: Uauu!!

B: Não consigo acreditar!

A: Impressionante!

A e B: Até que enfim!

B: ...

A: ...

B: ...

A: ...

B: Estamos vendo a mesma coisa?

A: O quê?!

B: Estamos vendo a mesma coisa?!

A: Não sei!

B: ...

A: ...

B: Como é?!

A: Não sei descrever!

B: Nem eu!

A: O quê?!

B: ...

A: ...
B: ...

2011